JN277648

K SIDE:Black & White

宮沢龍生（GoRA）

Illustration 鈴木信吾（GoHands）

講談社BOX

アドルフ・K・ヴァイスマン
クローディア
國常路《こくじょうじ》大覚《だいかく》

K SIDE: Black & White Contents

Book Design　芥 陽子 (note)
©GoRA・GoHands/k-project

プロローグ　逃亡中

ピンク色で統一された壁紙。

恥ずかしげもなくハート型をしたダブルベッド。掃除は行き届いているのだが、どこか安っぽさを感じさせる内装。

「ふう」

伊佐那社《いさなやしろ》は気怠《けだる》げにベッドに横たわると襟元《えりもと》を緩《ゆる》めた。

「――遠いところに、来ちゃった感があるかな」

こういう所に足を踏み入れるのは初めてだった。

古風な表現をすれば連れ込み宿。

有り体《あてい》に言ってしまえばラブホテル。

天井の銀色のミラーボールにも、星型をしたポップな色合いの冷蔵庫にも、物珍しさを感じないわけではない。だが、普段の好奇心が上手《うま》く機能しないくらい社は疲れ果てていた。

「シロ！　シロ！」

その時、浴室からひょっこりと鎖骨《さこつ》の辺りまで出してネコが言った。

「お風呂、やっぱり一緒に入らない？」

どうやら既に脱ぐべきモノは脱ぎ捨てて、出会った時の彼女と同じ姿に戻っているようだ。つまりは全裸。

社は首だけ持ち上げて言った。

「ネコ。さっき僕とした約束は？」

「むう」

ネコがちょっと唇《くちびる》を尖《とが》らせた。

「男の人には簡単に裸を見せない！」

「そう。ということでよろしく」

社は疲れた笑みでそう告げるとまたベッドに頭を預けた。ばふんと音がした。ネコはまだ不服そうに、

「つまらない！　ばちゃばちゃシロとお湯のかけっこしたいのに！」

そう言ってひょいっと首を引っ込めた。先ほどはいきなり目の前で服を脱ぎだしたので社は大いに困ったものだ。渋る彼女をなんとか説得し、一人で浴室に向かわせるだけでも随分《ずいぶん》と気力を消耗した。楽しそうな鼻歌と共にシャワーの音が聞こえてくる。

ネコは色白で、出るところは出て、引っ込むところは引っ込んだ実に蠱惑的《こわくてき》なプロポー

ションをしていた。

男性として決して興味がないわけではない。

(オトコとしてはきっと色々と惜しいことをしているんだろうな)

社は自らに苦笑しながら目を閉じた。本当ならこのまま眠ってしまいたい。だが、彼にはやらなければならないことがあるのだ。

まだ——。

その時である。

「破廉恥極《はれんちきわ》まりない!」

今の今までずっとソファの上で腕を組み、胡座《あぐら》をかいていた夜刀神狗朗《やとがみくろう》が叫《さけ》んだ。憤懣《ふんまん》やるかたないという感じだった。

「なんというういかがわしい場所なのだ、ここは!」

とうとう拳《こぶし》を握って立ち上がってしまった。

伊佐那社は唇に浮かんだ苦笑の色合いを濃くした。

「だいたい、なんでこんな、こんな、こんな」

狗朗はラブホテル、という単語をどうしても口にすることが出来ないらしい。少し頬《ほお》を赤らめながら、

「こんな男女が逢《あ》い引《び》きで使う宿に隠れねばならんのだ！」

言っていることが一々《いちいち》、時代がかっている。社はよいしょ、と身体《からだ》を引き起こすと、背中をベッドの背に預け、微笑《ほほえ》んだ。

「逃避行には定番でしょ？　匿名性《とくめいせい》を維持したまま、プライバシーを確保できる空間、というのが都市部にはなかなか他にないんだよ。こういうところに来る人たちに一々、身分証の提示を求めるわけはないからね。僕たちみたいに人目を避けて潜伏しなきゃいけない人間にはうってつけの場所なのさ」

「俺が言いたいのは！」

潔癖《けっぺき》な感じで狗朗が言った。

「この場所の不健全さのことだ！」

「そりゃあ、ねえ」

三科《みしな》、という〝友人〟のことを思い出しながらあえて下卑《げび》た笑みを社は浮かべた。彼だったらきっとこう言ってお道化《どけ》るだろう。

「やること致《いた》すわけだから、なかなか健全というわけにもいかないと思うよ？」

「違う！」

狗朗は即座に首を振った。再び赤面しながら、

「その、いわゆるそういった行為自体を非難しているわけではない。それは人の営《いとな》みで、

決して否定すべき類《たぐい》のことではない。俺が問題にしているのはこのホテルの企業倫理。つまり、俺たちが入り口で全《まった》く素通しだったことだ！」

　このラブホテルは全自動で料金の支払いをするシステムになっている。最初から最後まで他者と顔を合わすことなく部屋を利用出来るようになっているのだ。

　社が怪訝《けげん》そうな顔をしていると、狗朗は苛立《いらだ》ったように言った。

「俺たちは明らかに三人いたんだぞ！」

「……ああ、そうか。なるほどねえ」

　ホテルの入り口には監視カメラがあった。恐らくその向こうでは有人によるチェックが行われているのだろう。全自動とは言っても建物に管理人が存在しないわけではない。セプター４《フォー》の捕縛《ほばく》の手を警戒して、多少の変装とネコの能力による偽装《ディスガイズ》をかけていたが、人数までは偽《いつわ》っていなかった。

「まあ、こういうところではきっとそんなに珍しくないいんだよ。男二人に女の子一人っていう組み合わせも」

「破廉恥な！」

「どういうぷれいなんだろうね？」

　へらっと社が笑うと狗朗は険《けわ》しい目つきで睨《にら》んできた。その時である。浴室から歓声が上がった。

「ねえねえ、シロ！　変なぽっちがあったよ、ほらほら！」

社と狗朗がそちらに目を向けると突然、浴室の壁が透明になって中が丸見えになった。

泡だらけのネコが嬉《うれ》しそうにこちらを見ている。

「ほら！　ほら！」

彼女がシャワーの横のスイッチを押す度《たび》に壁面が透過して、生まれたままの姿のネコが見えたり、見えなくなったりする。

どうやら入浴している場面を見せるためのいかがわしい装置らしい。

「わーい」

楽しさが極まったのか、ネコがくるっとつま先立ちで一回転した。彼女の長い髪が白い裸身の危うい部分を辛うじて隠す。

社と狗朗が同時に声を上げた。

「やめなさい！」

「やめんか！」

「にゃ？」

ネコが腰を捻《ひね》る格好で動きを止めた瞬間、また壁が元に戻った。

《白銀の王》、アドルフ・K・ヴァイスマンの存在に迫った一行は飛行船の爆発に巻き込まれ、九死に一生を得た。狗朗の咄嗟《とっさ》の判断と異能の力がなければ、三人とも確実に命を落としていただろう。

彼はまず操縦していたヘリを急降下させ、爆風の直撃を避けた。

狗朗、曰《いわ》く、

「ヘリコプターには通常、クラッチがついていて、エンジンが止まっても急降下しない仕組みになってる。そのため、ああいった場合はメインローターのピッチを下げるのが普通だが、あのｐｅｌｌ４０２には軍用ヘリなどと同じ逆ピッチ機能があったから、自由落下よりも早く機体を急降下させることが出来たんだ」

社が半《なか》ば呆《あき》れて、

「ヘリコプターの操縦出来るだけでも充分凄《すご》いのに。どこで覚えたの、そんなこと？」

そう尋《たず》ねたら、

「一言《いちげん》様の臣下《しんか》としては当然のことだ！」

そんな答えになっていない答えが返ってきた。

狗朗の活躍はさらに続いた。社とネコを抱えるとその空間を歪曲《わいきょく》させる能力を使用し、制御を失ったヘリコプターから脱出したのだ。

(アレがなかったら)

社は思っている。

（三人とも丸焦《まるこ》げだったろうな）

それからやや自嘲《じちょう》するように、

（でも、ひょっとしたら僕だけは助かったかも。なにしろ飛行船の上から落とされても無傷だったくらいだから）

びょうびょうと吹く風の音。開け放たれた飛行船のハッチ。そこから自分を見下ろし、高笑《たかわら》いする《白銀の王》、ヴァイスマン。

〝ばあーい〟

という言葉の後、蹴落《けお》とされ、自分の身体が自由落下を開始する。

ネコの能力が引き金になって、その魂が抜け落ちるような頼りない感覚だけは強くはっきりと思い出すことが出来た。

だが、逆に言うとそれ以外のことがほとんどなにも分からない。

なぜ自分は《白銀の王》の飛行船に搭乗していたのか。

なぜ天井を突き破るような勢いで空から落っこちて無事だったのか。

そもそも自分は一体、何者なのか。

その謎を解くべく《青の王》宗像礼司《むなかたれいし》を焚《た》きつけ、《白銀の王》との接触を試みたのだが、結果的にはさらに不可解な事態に陥《おちい》ってしまった。

（あの爆発……まさかそんな凄い存在がそうそう簡単に死んだとも思えないけど）

自爆、だったのだろうか？

《黄金の王》と伍《ご》する唯一の存在。

始まりの《王》。

自分と一体、なんの繋《つな》がりがあるのだろうか？

彼が自分を見つめる視線には肌が粟立《あわだ》つような愉悦《ゆえつ》と狂喜《きょうき》があった。心がひどくざわつく。身体が微《かす》かに震《ふる》え出した。

「……どうした？」

そんな社の変化に敏感に気がついて、狗朗が声をかけてきた。

「あ、うん。なんでもない」

社は微笑んでみせた。

(基本的には優しいんだよな、クロは……)

成り行きで相棒のようになってしまった少年を見つめ返す。剣術の腕も立ち、料理を始めとする家事全般に秀《ひい》で、誠実で真摯《しんし》な性格をしている。

(これでもう少し砕《くだ》けたところがあると、もっと付き合いやすいんだけどなあ)

社は密《ひそ》かにそんなことを考えていた。当初は自分を殺そうとしに来たのに、今は割《わり》と普通に会話をしている。

呼び方だって「伊佐那社」から「シロ」に、「貴様」から「おまえ」に変わった。状況に適応するのが上手いのか、はたまた単に流されやすいだけなのか――。

そんな狗朗が眉《まゆ》をひそめ聞いてきた。

「それで。これからどうするんだ？」

いつの間にか社が奇妙な三人組のリーダー格になっていた。狗朗もそのことに関して特に疑問を抱いていないようだ。

社は困った顔で、

「まあ、とりあえずここで一眠りして夜が明けるのを待つ感じかなあ」

「……」

なにか物言いたげな狗朗を手で制して、

「実際、それしか手がないんだよ。行動するには情報があまりに不足しすぎているんだ。あの宗像さんがどう動くのか。飛行船の爆発で《白銀の王》はどうなったのか。今後の情勢を見てみないと次の一手を考えることも出来ない」

「……」

「強《し》いて言うならここにあるテレビや君のタンマツで情報収集かな？」

社がへらっと笑ってそう言うと狗朗は重々《おもおも》しく頷《うなず》いた。

「――分かった」

「あとね」

社は少し疲れた顔で付け加えた。

「率直なところ僕が限界みたいだ。少し眠らせて貰《もら》わないともう動けない」

彼は再びベッドの上にその身を横たえ、弱々しく狗朗の方に向かって手を伸ばした。

「パトラッシュ……疲れたろ。僕も疲れたんだ。なんだかとても眠いんだ……」

「誰がパトラッシュだ！」

律儀《りちぎ》にそう突っ込んでから狗朗は気遣《きづか》わしそうな表情になった。社の方に少し顔を近づけ、まるで野菜の鮮度でも確かめるような表情で、

「確かに顔色が悪いな。目に充血もある」

彼の声がふいに低くなった。

「おい、シロ。それは単に疲れているからだけ、なのか？　それとも――」

社は笑みを浮かべただけだった。

それは彼自身にもよく分からないことだった。

ネコの能力が解除され、記憶を一部、取り戻し始めた辺りから、身体と魂《たましい》がずれていくような違和感が自分の中で膨《ふく》れ上がりつつあることを自覚していた。

それが純粋な疲労なのか、それともなにかの予兆なのか、社には判断がつかなかった。

だから、彼はこう言った。

「うん。とりあえず寝てみるよ」

そうしてみないと分からない。とにかくまず体力と気力を回復させたい。

「——分かった」

狗朗は生真面目《きまじめ》な顔で答えると、社に背を向ける形でどっかりとベッドの端に腰を落とした。腕を組んでいる。

「……」

社は目をぱちくりさせた。

「え、っと？」

「俺が張り番をしているから、おまえは安心して寝ろ」

「ああ」

そういうことか。

社は目を細めた。

「優しいねえ。君は本当に」

狗朗の肩がぴくりと動いた。次に怒ったような声が返ってきた。

「おまえが本調子でないと次の行動が出来ないからだ！　余計なことを言っていないでとっとと寝ろ！　——でないと」

バスルームから聞こえてくるネコの鼻歌に耳をすませ、

「あいつが出てきたらまた喧《やかま》しくなるぞ？」

社は苦笑した。ネコはどうやらお湯に入浴剤を入れて泡風呂を楽しんでいるようだ。素性の全く分からない不思議な少女だが、普通にお風呂は好きらしい。

「そうだね。では、お言葉に甘えて」

社はブランケットを肩の辺りまでかけ、身体を少し丸めた。狗朗はぶつぶつ言いながら首を振っていた。

そんな狗朗に向かって社は尋ねた。

「ねえ、一言様って一体どんな人だったの？」

狗朗の動きがぴたりと止まった。

「なぜ、そんなことを、聞く？」

「ん。単なる好奇心」

社の声に微睡《まどろ》みが入り交じり始める。軽く欠伸《あくび》をしながら、

「君はほら、色々なことが出来るでしょう？　料理や裁縫《さいほう》からヘリコプターの操縦まで。だから、一言様も凄く器用な人だったのかなあ、と思って」

「……」

狗朗は黙っている。腕を組んだまま、身じろぎ一つしていなかった。

社はなんとなく思った。

（僕が数時間寝て、目を覚ましても、きっとクロはあの格好のままなんだろうな）

ちょっと怒ったような態度で。

でも、巌《いわお》のような頼もしさで。

社は小さく、くすりと笑って、うとうとし始めた。

「一言様は――」

狗朗が改まった口調で語り出すのを夢うつつで聞いていた。

第一章

繋《つな》がっていく者

台所で十一歳の夜刀神《やとがみ》狗朗《くろう》は固まっていた。

「しまった……手順が」

今日の夕飯はニラ玉と鯵《あじ》の干物と豆腐《とうふ》とネギの味噌汁《みそしる》だった。学校からの帰り道、頭の中で献立を組み立てて、決めた。

冷蔵庫に入っている食材をどう使うか予《あらかじ》めシミュレーションしておく、というのは狗朗が最近、編み出した調理の工夫だった。

献立によっては簡単に焼いたり、煮《に》たりするだけではなく、適宜《てきぎ》、溶《と》いた卵を加えたり、調味料を足したりしていかなければならない。

その際、頭の中で明確なイメージの流れがあるのとないのでは出来上がりに雲泥《うんでい》の差が生じてくる。完成形を思い描き、そこに至るための細部の仕掛けをきちんと用意しておく。狗朗はそう看破《かんぱ》したのだ。

具体的に言うと合わせ調味料を事前に小皿に入れておいたり、後から投入する野菜を別途、ボウルに準備しておく、といったことだ。

実はその程度のことは料理をする者にとっては基本中の基本でしかないのだが、狗朗にとっては実に大きな発見だった。

彼は自分の不器用《ぶきよう》さをなんとか克服しようと考えていた。

しかし。

「ぐ。なんと」

まな板の上に取り出したニラがダメになっていた。

昨日までは新鮮だと思っていたのに、今見たら端《はし》の方からどろりと溶けるように腐《くさ》っていて、イヤな臭《にお》いを発していた。梅雨時《つゆどき》の恐ろしさである。冷蔵庫に入れておいたとはいえ、油断は出来ない。

「ぬ」

狗朗は悩んだ。彼には理想のニラ玉があった。彼の保護者である三輪《みわ》一言《いちげん》が二週間前に台所に立って作り方を教えてくれたニラ玉である。

『いいかい、クロ。まずニラを刻んで、ごま油で炒《いた》めて』

一言の説明と手の動きがあまりにも速いので狗朗はメモを取るのに精一杯だった。一言は軽やかに台所を動き回りながら、

『私の好みだとね、ここにあんをかけるんだけど、ポイントは酢《す》ではなく、ポン酢にすることでさらにまろやかさが出て――』

狗朗はふんふんと頷き、片時《かたとき》も見逃すまいと一言の手元を見つめた。踊るように包丁でニラを刻み続ける一言の手は、狗朗のひいき目を抜きにしても優美で魅力的だった。男性にしては指が細く、長く、まるでピアニストのような上品なしなやかさがあった。

まさしく芸術家の手だ、と狗朗はずっと調理技術とは関係ない部分で感心していた。

もちろん出来上がりも最高の味だった。

あの時、教わったニラ玉を再現しようと台所に立ったのに肝心《かんじん》のニラが用意出来ていない。途方にくれている狗朗は気がついていなかった。

同時進行で焼いていた鰺が少し焦げ始めていたのである。

このままだと全ての食材がダメになってしまう。そんなピンチの折にすっと狗朗の隣に立った人影があった。癖《くせ》のある黒髪。

ほとんど常に浮かべている優しい笑顔。

少しなで肩。

いつもの着流し姿。

魚焼き用グリルの火を止めながら、微かに首を傾《かし》げて彼は言った。

「クロ。手伝おうか？」

穏《おだ》やかな声だった。

「い、一言様！」

それはこの家の主《あるじ》、三輪一言だった。彼は変色したニラにちらっと視線を走らせ、溜息《ためいき》をついた。

「おやおや。そのニラは残念なことをしたね」

「梅雨は読書が進むので決して嫌いな季節ではないけど、俳句を作るための吟行《ぎんこう》に出かけにくくなるのとこうして食べ物が腐りやすくなるのが難点だね」

彼は冷蔵庫に向かい、野菜室を物色する。

「ふむ。でも、こんな季節でも君はだいぶ機嫌が良さそうだ。行こうか」

ぱっと取り出したのがトマトだった。そこから先は三輪一言の独壇場《どくだんじょう》だった。彼は目にもとまらぬ速さでトマトを刻み出すと、それをごま油をひいたフライパンに放り込み、あっという間に塩と胡椒《こしょう》で炒めた。さらにいったんそれを取り出し、マヨネーズを入れた溶き卵を代わりに入れ、それが固まってきた頃合いに再びトマトを投入する。

「これは」

狗朗は打ちのめされた表情をしていた。

「ニラ玉と全く同じ手順、ですか？」

「うん？」

一言は気楽に狗朗を振り返りながら言った。

「そうだね。ニラがダメだったからね。トマトを使ってみた。だいぶ雰囲気は変わるけどこれはこれでいけると思うよ」

それと同時に中華風あんも作っている。それをとろりと卵とトマトの炒め物にかけた。見るからに食欲をそそる一品である。さらに一言はほんの少しだけ身が焦げてしまった鰺の身を箸先《はしさき》で丁寧《ていねい》にほぐし、キュウリとワカメの酢の物と和《あ》える、というアレンジ料理をほとんど間をおかずに完成させていた。

狗朗はひたすらに感嘆《かんたん》するしかなかった。

(なんたる融通無碍《ゆうずうむげ》!)

年齢は十一歳でも俳人三輪一言と暮らしていると自然とこれくらいの難しい言い回しを覚えるのである。

狗朗は勢い込んで尋ねる。

「なんで? なぜ一言様はそのように自在に食材を扱うことが出来るのですか?」

その問いに一言は少し考えると、

「そうだね。食べ物たちの声を聞くことかな? トマトは、ニラは、卵は、鰺はどうして欲しいのか、どうなりたいのか、それを丁寧に聞くことだよ」

狗朗は黙り込んだ。

「指先で触れ、匂いを嗅《か》げば食べ物は教えてくれるからね。あるべき形を私たちのために」

ふざけているのでも、韜晦《とうかい》しているのでも、ましてや酔っ払っているわけでもない。現在の第七干権者、三輪一言はこれで大真面目なのである。

にこやかに微笑みながら、

「食べ物はお喋《しゃべ》りをするからね」

手を手ぬぐいで拭《ぬぐ》ってそう言う。通常だったら、こういうファンタジックな修辞をする人間に対してはこう答えるところである。

おまえは一体なにを言っているのだ、と。

だが、夜刀神狗朗は違った。

「……」

瞳をきらきらと輝かせ、ただいつものように大きく頷くのだった。

「さすが一言様！　よく分かりました！」

二人はかなり似た者同士の師弟だった。


食卓を囲みながら改めて狗朗は嘆声を上げていた。

「一言様、ご飯、とても美味《おい》しいです！」

「そうか、良かった」

箸を端正な作法で操りながら一言が微笑んだ。十畳ほどの居間にちゃぶ台が一つ。テレビもクーラーもないが、大きな柱時計と古いタイプの真空管ラジオがあった。縁側に続く窓は開け放たれていて、夕刻の涼しい風が吹き込んでくる。

ぱらついていた雨も止み、茜色《あかねいろ》の空にはゆっくりと雲が流れていた。

「……でも、少し申し訳ないです」

箸を動かしながら狗朗が肩をしょぼんと落とした。

「本当は俺がちゃんと作らなければいけないのに。また一言様にご飯作りを手伝わせてしまいました」

改めて狗朗は一言に向かって、ぺこりと頭を下げた。

「申し訳ありませんでした」

少年らしいさっぱりとした動作だった。

「……」

一言は微妙な顔つきになった。

「うん、そのことなんだけどね、クロ」

「はい、なんでしょう！」

きらきらした瞳で狗朗は一言を見上げた。

「君がほら、ご飯を作ってくれるのはすごく嬉しいんだけど、なんというのかな？　世間一般の家庭のお手伝いの範疇《はんちゅう》から少し逸脱《いつだつ》してやしないかな？」

狗朗は目をぱちくりさせた。一言は困ったように、

「なんというんだろう？　私もさ、基本的にはあまり身体が丈夫ではないとはいえ、家事ぐらいなら充分、出来るわけだし」

「もちろんです！　一言様に出来ないことなんかありません！　一言様さえその気になったら宇宙飛行士にだって、内閣総理大臣にだって今すぐなれます！」

「ありがとう」

一途《いちず》な弟子の言葉に師匠は笑顔になる。

「君にそう言って貰えるとなんだかとても嬉しいね」

「はい！」

「って、違うな。今の話題は、そういうことじゃなくって、ほら、私も家事を君に丸ごと任せたりしていると少し申し訳ないというか。ただでさえ、君は私のことを〝様〟付けしているわけだし、どうもこそばゆいというか」

狗朗は首を傾げていた。

将来は間違いなく美少年になるだろう、という常人離れして整った顔立ちである。瞳の大きさが村の他の子供とは全く異なっていた。

一言のところに来てもう四年になるが、未《いま》だに堅苦しいところは抜け切れていなかった。

否《いな》。

それは彼にとっての兄弟子《あにでし》がこの家を去ってからますます強くなっているのかもしれな

い。

「でも、一言様」

狗朗は言った。

「前に伺《うかが》った時、一言様も子供の頃、こんなふうにお爺様《じいさま》のお世話をしていた、と仰《おっしゃ》ってましたけど？」

「あれは」

一言は言葉に詰まっていた。

「うーん。私のケースは特殊だからね……ほら、話しただろう？　先祖代々、三輪《みわ》名神《めいじん》流《りゅう》という流派の古流剣術の道場をやっていて、その中でもとりわけ厳格な祖父に躾《しつ》けられたからそうなったわけで、今とはちょっと時代が違うというか」

ほんわかな口調で話しながら、一言は自分の言葉に説得力がないことを自覚していた。

案《あん》の定《じょう》、狗朗はにっこりと笑って宣言する。

「だったら、俺もそういうふうに育てて頂きたいです。俺は一言様みたいになるのが最終的な目標なんですから！」

「む」

狗朗は元気よく、

「一言様。俺は一言様のお世話をさせて頂くことが嬉しいんですよ！」

一言はなんと言ったものか、という表情でご飯を口に運んでいた。

「うーん」

そうまで言われては無下《むげ》に断るのも難しい。実際、自分はもっと厳しい環境で生活してきたのだ。狗朗はさらに、

「一言様。もし良かったら一言様の子供の頃のお話もっと聞かせてください！」

「私の子供の頃？　そんなに面白い話もないけど」

「俺は一言様のことならなんでも知りたいんです！」

その瞳には自分がヒーローだと信じる人間を見る少年の純粋な輝きがあった。

一言の表情が優しいモノになった。

「そうだね……なら、祖父の話をしようかな。私の祖父は本当に凄い剣術の達人でね。新《しん》撰組《せんぐみ》の沖田《おきた》総司《そうじ》から剣を習った、と聞いたことがあるよ。少し眉唾《まゆつば》だけどね」

ゆっくりと楽しそうに喋り始める。狗朗は聞き入っていた。テレビはない。娯楽もなにもない山奥の集落だが、心満たされる時間がそこには確かに流れていた。


夜刀神狗朗が三輪一言という人物の経歴について知っていることは実はそんなに多くはなかった。彼が三輪名神流という流派の道場で育ったこと。厳しい祖父に剣術を始め、体術、槍術《そうじゅつ》、漢文や古文などの学問、礼儀作法、果ては馬の乗り方から山でたった一人生き

残る生存術まで徹底的に叩き込まれたこと。

さらに高校を卒業してから実家を出て、日本の最高学府に入学。経済学を学び、奨学金を得て渡米。現地で経営学の学位を取り、世界的に有名な証券会社にそのまま就職。そこでも優秀な業績を挙げたが、健康を害し、帰国。

今はその当時、稼いだお金を運用して静かに、悠々自適《ゆうゆうじてき》の生活を送っている。

大体、その程度である。

だが、経歴以外については狗朗は実に多くのことを知っていた。

一言の優しさ。

強さ。

大きさ。

蚊が嫌いで夏場はどの家よりも早く蚊帳《かやつ》を吊るのだけれど、血を吸っている蚊を叩くのにも申し訳なさを感じるほど殺生《せっしょう》が苦手なこと。

車が行き来出来なくなるくらい積雪したある冬、腹痛を起こした近所の老人を背負って二山《ふたやま》越えた先にある総合病院まで雪の中を歩ききったこと。

近隣の人たちがなにかというと彼に相談を持ちかけ、三輪先生、三輪先生、と敬意を込めて慕っていること。

読書をしている時の穏やかな表情や、俳句を捻っている時の真剣な顔、笑っている時の子供のような屈託《くったく》のなさに、ごく稀《まれ》にだが心の底から怒った時の凜《りん》とした恐ろしさ。

狗朗はここ四年で本当に沢山《たくさん》の三輪一言を知ってきたのである。

恐らく世界中の誰よりも。


「俺もそのお爺様に是非《ぜひ》、一度、お目にかかりたかったです」

一通り一言の祖父の話を聞いてから狗朗がそう言った。一言は曖昧《あいまい》に笑った。

「そうだねえ。さっきも言ったけど私が高校生の時に祖父は亡くなってしまったからね」

「……」

狗朗は十一歳の子供なりに察することがある。一言は本来、その三輪名神流の跡取りとして育てられてきたはずだった。それなのに今はその実家から離れ、こんな山奥に引きこもっている。特に親族と連絡を取っている様子もない。そこには狗朗に話していない様々な裏の事情がありそうだった。

恐らくその祖父が逝去《せいきょ》したことも関係あるのだろう。

だが、狗朗には節度があった。

一言があえて話さないことなら無理に聞かない。にこっと笑って、

「俺、昔の話が好きです」

一言は苦笑した。

「まあ、きっと君とは話が合ったかもね。うんざりするくらい色々な昔話をしてくれたよ」

「一言様は」

狗朗は一言の様子を窺《うかが》うようにして尋ねた。

「……そのお爺様がとてもお好きだったのですね？」

一言はにこっと笑った。

「そうだね」

そこに迷いはなかった。

「厳しい祖父だったけど、本当に私は慕っていたよ」

狗朗もその言葉を聞いてなんだか嬉しくなった。だが、一言の次の言葉に、「ん」と眉をひそめる。

「でも、祖父があの時、亡くならなくても、その前後できっと別れは生じていたと思うよ。時の流れはそう出来ている」

「……」

「いつか君がこの家から巣立っていく日もあるのだろうな」

それは穏やかな物言いだった。

確信と静かな悟り。そして不思議な希望に満ちた言い方だった。だが、その一言の語る深い内容を咀嚼《そしゃく》出来るほどには狗朗は大人になっていなかった。

怒ったように彼は言った。

「俺は絶対にこの家から出て行きません！」

その生硬《せいこう》な彼の態度にはいくつかの理由があった。一言ははっとしたように狗朗を見つめ、目の前の少年が難しい言葉遣いをするものの、まだ中学にも上がっていない子供であることに改めて気がつき、苦笑した。

「うん。でもさ」

あえて話を逸《そ》らし気味にして緊張を緩和《かんわ》させた。

「ほら、いつか君もお嫁さんを貰って一人前になるわけだろう？　そうなったらこの家にいるのも気まずいんじゃないかな？　向こうのお嫁さんもこんな舅《しゅうと》がいたらやだろうし」

狗朗の顔がかあっと赤くなった。一言は優しい笑顔で、

「それともクロはお嫁さんはいらないかい？」

狗朗は俯《うつむ》いた。それから小さく首を振って、

「いえ」

彼はすぐに顔を上げてこう答えた。

「そうだ！　だったら、一言様と同居してくれる人と結婚します！　そんなに難しいことではないと思います。きっとその人も一言様のことを大好きになってくれると思いますから！」

きっぱりとした言葉だった。

これ以上の回答はない、というくらいきりっとした顔で狗朗は拳を握っている。一言はしばらくぽかんとしていた。

やがてくすくすと笑って、

「うん。そうだね。きっと君と一緒になる人は大らかで、マイペースで、そしてどこまでも明るい人なんだろうね」

「う、ど、どういう意味ですか、それは？　一言様」

狗朗は単にからかわれているのか、それとも本当に未来を託宣《たくせん》されているのか分からず、伏し目がちに一言を見た。

一言は涙を流して笑いながら、狗朗の頭を撫《な》でた。

「ありがとう、クロ」

それ以上、詳しいことを一言は言わなかった。


その後、二人で食器を片付けて、交替で風呂に入った。お休みなさい、と互いの部屋に向かう前に挨拶《あいさつ》を交わす。

だいぶ年の離れた血の繋がらない者同士。

四年の歳月を経て確かに築《きず》けてきた信頼関係もあった。だが。

「明日は七時ぴったりに朝食をご用意しますね！　今度は失敗しません！」

ぴしっと背筋を伸ばして狗朗はそう言う。そのまま、

「では、・言様。おやすみなさいませ」

深々と頭を下げて狗朗は自室に去っていった。堅苦しく、武張《ぶば》った態度はとても現代の子供とは思えない。

一言は着物の袖《そで》に手を通し、軽い苦笑混じりに呟《つぶや》いた。

「おやすみ、クロ。あんまり無理をしなくてもいいからね」

こればっかりはもしかしたら生まれもった性格なのかもしれなかった。

（もしかしてあの子、前世は本当に武士だったんじゃないかな？）

深い教養と高い見識を持っているはずの大人の一言が半ば本気でそんなことを考えている。彼はふと呟いた。

「もののふの　うまれかわりが　くろくんか」

俳句、のつもりなのである。

きっと狗朗がいたら瞳を輝かせて拍手をしただろう。一言は首を捻りながら、

「うーん。もののふの、が良くないな。もものふが、かな？」

自分もまたゆるゆると歩いて寝室に戻っていった。

三輪一言と夜刀神狗朗には師匠と弟子、という関係性以外にもう一つ、とても強い結びつきがあった。

非常に特異で、実質、二人の存在自体を繋げている〝絆《きずな》〟。

狗朗としては師匠と弟子、ということ以上に尊《とうと》いと感じている魂の契約。ただ特に理由もない状況でその呼称を使うと一言が嫌がるので言わないが、本当はこう呼びかけたいのである。

我が主、我が王、と。

三輪一言。

証券会社勤務の元アナリスト。

古流剣術三輪名神流最後の免許皆伝者《めんきょかいでんしゃ》。

自称、前衛俳人。

そしてドレスデン石盤に選ばれし七人の王の一人。

第七王権者、《無色《むしき》の王》。

夜刀神狗朗はその王の臣下とも言うべき、クランズマンなのだった。

夜刀神狗朗と三輪一言の出会いは四年前に遡《さかのぼ》る。当時、夜刀神狗朗は家族というモノをもっていなかった。

生まれた時から孤独だったのではない。五歳までは両親と兄と姉、それに祖父というかなりの大所帯で賑《にぎ》やかに、幸せに暮らしていたのである。

そんな彼の人生が家族で行った紅葉狩《もみじが》りで一変した。気持ちの良い秋晴れのある日、ワンボックスカーに乗った一家は関東近県の山へと車を走らせた。一泊二日の予定で、たっぷりと景色を堪能《たんのう》した後、予約をしているホテルに向かっている途中、悲劇は起こった。

それまでは狗朗を始め、子供たち三人でアニメの主題歌を仲良く歌っていた。それを大人たちが目を細めて笑っている。

そんなごく何気ない家族旅行の一コマだったのだ。

だが、対向車線から飛び出してきたトラックが狗朗たちのワンボックスカーに激突した瞬間、車内を満たしていた幸福な空気は跡形もなく消し飛んだ。コースを強制的に逸れた車はガードレールをいともあっけなく突き破り、崖下《がけした》へと転落したのである。トラックの運転手は心臓発作を起こしていて、衝突時には既に亡くなっていたらしい。

生き残ったのはまだ小学生にも満たない狗朗ただ一人だった。

隣に乗っていた母が彼を抱きかかえることによって、衝撃を和《やわ》らげるクッションになってくれたのだ、ともっと後になって知った。

狗朗にとっての〝現実〟は、耐えがたい苦痛と身体中に繋がれた管や牽引《けんいん》用のワイヤーを従えて再度、蘇《よみがえ》った。

一命は取り留めたものの集中治療室に二週間以上も拘束《こうそく》され、予断を許さない状態が続いた。ようやく担当医から重篤《じゅうとく》状態は抜け出したと判断され、一般病棟に移ってからも長く苦しいリハビリが彼を待っていた。

半年間、狗朗は病院で時を過ごした。

自分の身の上に起こった環境の激変に対応するのが精一杯で、ようやく本当の意味で彼が家族の喪失を受け入れたのは退院間近になってからのことだった。

同じ病室で仲良くしていた男の子のところへ彼の両親がお見舞いに来ているのを見ても、それまでは微笑ましいくらいで特になんとも感じなかったのに、彼らが退院した後、どこに遊びに行くのかを話し合っているのを聞いて、

〝ああ、自分はもう二度とお父さんとお母さんたちには会えないのだ〟と気づいた。

身体中がばらばらになりそうな哀しみに支配され、彼は屋上の片隅まで移動するとそこで声を殺して泣いた。

彼らの楽しい時間を自分の涙で邪魔したくはなかった。

それが幼い狗朗なりの矜持《きょうじ》だった。

だが、そんな入院生活ですらまだマシだった、と思えるくらい退院後はさらに過酷な運命が彼を待ち受けていた。

発端は最初に彼を引き取ってくれた親戚の家が火事になり、叔父と叔母が亡くなる、と

いう事件が起こってからだった。

父の弟に当たるこの夫妻は二人とも非常に気立ての良い人たちで、狗朗の境遇に心から同情してくれ、彼が退院してくると真っ先に庇護者《ひごしゃ》として名乗り出てくれた。小学校もこの夫婦の元から通い出したのである。

もちろん心の傷など癒《い》えてはいないが、それでも狗朗は芯《しん》の強い子だった。叔父と叔母に感謝して、亡き家族のためにも、新たな生活を送ろうと決意していた。

それから一年も経っていなかった。

火災の原因は隣の家からの貰い火である。真夜中、叔父も叔母も狗朗も寝入っていたので気がつかなかった。

隣の家から這《は》い伝わるように入り込んでいた煙がいつの間にか家中に充満し、三人とも一酸化炭素中毒を起こしていたのだ。

狗朗があてがわれた部屋は往来に面していたため、辛《かろ》うじて消防隊員の救助が間に合ったが、出火した隣家側にある夫婦の寝室にいた叔父、叔母は共に助からなかった。眠っているうちに苦しむことなく身罷《みまか》ったはずだ、とかそんな慰《なぐさ》めのような言葉を狗朗に事情を聞きに来た警察官は口にした。

トラックに激突された時といい、今回の火事のケースといい、全ての過程において一点だって狗朗に責められるべき部分はなかった。

彼はあくまで被害者なのだ。

だが、二回連続で家中が全滅するような事故があった。

そしてたった一人、狗朗だけが生き残った。さして迷信深くない人でも、普段は良識ある人でも、百パーセント、心の底から狗朗と伝染するように広がる〝死〟との因果関係を否定することはもう難しくなっていた。

もちろんそんなことを公《おおやけ》に口にする勇気はない。

それは差別である。

それは非合理な決めつけである。

小さな子供に一体なんの非があろうか。

そんなことは理性では充分、分かっているのだ。だが、いざ今後、狗朗をどうするか、という話し合いが親戚一同の間でもたれた際、誰も狗朗の面倒をみようと手を挙げる者は現れなくなっていた。ある者はこう言った。

〝いや、俺は別にいいんだけどかみさんがちょっとね、そういうの気にしちゃって〟

バツが悪そうな顔つきだった。

またある者はこう弁解した。

〝今はうちも生活が苦しいし、家も狭いし……それになにかが起こったら私、それを狗朗ちゃんのせいにしてしまいそうで怖くて〟

いっそ彼らは正直な方だった。

経済力の問題でも、家庭環境の問題でもない。もし不幸があったら無意識に狗朗にその責任を押しつけてしまうかもしれない。

〝疫病神《やくびょうがみ》〟

誰もが平穏な日常を掻《か》き乱されるような要素は家に受け入れたくなかったのだ。最終的に狗朗は遠縁《とおえん》の男に引き取られた。

その男が狗朗の両親が残した遺産目当てだったことは誰の目にも明らかだったが、親戚一同、半ば見て見ぬ振りでそれを承知した。その男はかつて結婚していたが、妻には既に逃げられ、たった一人で古い六畳一間のアパートに住んでいた。

アル中で、ギャンブル狂で、借金持ちだった。

最初から真っ当な生活が送れる可能性など皆無《かいむ》に等しかった。幼い狗朗もそれを承知で、なおかつ一言も不満を漏《も》らすことなく、男の元に引っ越していった。

初日は罵声《ばせい》を浴びせられるだけだったが、三日目からもう暴力を振るわれ始めた。男には、小さな男の子の世話をしなければならない、という意識は全くなかった。ろくにご飯も与えられず、顧《かえり》みられることもなく、狗朗はそこで暮らし続けた。

学校にもほとんど通えなかった。

ただ生きていくことで精一杯だった。涙を流さないよう、彼は歯を食いしばってそんな

環境に耐えた。男は狗朗の両親の遺産をあっという間に使い果たし、パチンコに負けた、

と言っては狗朗を殴《なぐ》り、顔が気にくわない、と言っては彼を蹴《け》った。いずれの際も男はこ

う言って狗朗を罵《ののし》った。

疫病神。

死んでしまえ、と。

生まれ持った強靭《きょうじん》な意志の力がなければ、狗朗はとっくに男のその言葉通りになって

いたかもしれない。

だが、ある日そんな生活が突然、終わりを告げた。男が家に全く帰ってこなくなったの

だ。その理由は狗朗にも定かではなかった。もしかしたら事故に遭《あ》ったのかもしれないし、

なにか事件に巻き込まれたのかもしれなかった。

ただもっとも蓋然性《がいぜんせい》が高いのは単に狗朗との生活を放棄《ほうき》した、ということだった。最近、

とある水商売の女性と意気投合していたから、きっとそちらの家の方にでも転がり込んだ

のであろう。狗朗は三日待ち、四日待ち、一週間待ち、そして最終的に自分が捨てられた

のだ、と判断した。その頃には極度の栄養失調に加えて、咳《せき》が止まらなくなっていた。

気管支炎《きかんしえん》か下手《へた》をしたら肺炎《はいえん》を患《わずら》っていたのかもしれないが、病院に行くことはおろか

コンビニで温かい飲み物を買うお金さえもう残っていなかった。

狗朗はありったけの服を重ね着すると人里離れた方に向かって歩き始めた。彼の脳内に

残っていたのはたった一つの考えだけだった。

もう人に迷惑をかけないようにしよう。

それだけだった。

いつしか雪が降り出していた。彼はひたすらに足を運び続けた。そしてとうとう山の麓《ふもと》まで辿《たど》り着いた。

ずっと連なっていた街灯がそこを最後に途切れていた。辺りは一面の銀世界だった。水銀灯《すいぎんとう》の淡い光に包まれ、狗朗はよろめき、倒れ込んだ。

（綺麗《きれい》だな）

最後の力を振り絞って身体を起こし、空を見上げた。

（本当にとても綺麗だ）

その時、静かな声が聞こえてきた。

「私が視《み》た〝未来の少年〟とは君のことだったんだね」

もうその頃には現実と幻覚の境界が曖昧になっていた。真っ赤な和傘《わがさ》を差してこちらに向かって歩いてくる男がいた。

彼は真剣な少し怒ったような、それでいて哀しそうにも見える顔をしていた。

「可哀想《かわいそう》に」

男は狗朗を軽々と抱え上げると、まるで全ての事情を知っていたかのようにこう告げた。

「もうなにも心配することはない。今日から君は私と暮らすんだ。もう飢《う》えることも、凍《こご》えることも心配しなくていい」

朦朧《もうろう》としていた狗朗はそこで抵抗を示した。彼は必死でこう説明した。

自分といると不幸になる、と。

自分は疫病神なのだ、と。

だから、触らないで欲しい、と。

それに対して男はたった一言、こう答えた。

「大丈夫。そんなことは全て嘘《うそ》っぱちだから」

狗朗は言葉に詰まった。今までそんなことを言う大人はいなかった。

「逆に」

その和傘の男はにこやかに笑ってこう付け加えた。

「君に降りかかる全ての悪縁と不運を私が断《た》ち切ってあげるよ」

なにしろ――。

私は王、なのだから。

その男、三輪一言は気負いのない声でそう宣言した。

後で知ったことなのだが、三輪一言はその時、既に、第七王権者として夜刀神狗朗とインスタレーション《契約儀式》することを覚悟していたのだそうだ。

一言の《王》としての力、未来を予知する能力で、狗朗が現れることは予め視えていたらしいのだが、それ以上に、消耗し今にも死にそうになっていた狗朗を助けるには、《王》の超常の力を行使して、狗朗を直接、クランズマンにするしか方法がなかったのだそうだ。

あまりにも苦しすぎて逆に透明な心持ちだったが、あの時の狗朗は極度の栄養失調から肺炎を発症していて、命の炎が消えかかっていたらしい。

一言は軽い口調で、

〝いや、ほら、ヒーロー物でよくあるでしょう？　君の命を助けるためには合体しかなかったんだ〟

そう言ったが狗朗にはいまいちぴんとはこなかった。

なんにしても一言が狗朗にとっての真の意味での命の恩人なのは間違いがなかった。そして狗朗にとってはその事実さえあれば他になにもいらないくらい充分、心も生活も満たされていったのだった。

一体どのように働きかけたのか四年経った今でもよく分からないが、気がついたら狗朗は一言ときちんと正式に養子縁組をし、学校にも通えるようになっていたのである。

〝まあ、ちょっとおねだり出来る先が私には色々あるのさ〟

飄々《ひょうひょう》と一言はそう説明してくれた。狗朗としてはきっと《王》としての人脈を使ったんだろうな、と想像するしかなかった。

実は狗朗には一言の《王》としての側面はいまいちまだ不明なのだった。一言の人となり、そしてこの村での暮らしぶりなどはもうすっかり把握出来ていたが、彼が持つもう一つの顔、異能の力を持つ《王》に関連することはほとんど教えられていなかった。

そしてそれには一つの理由があった……。


翌朝、狗朗は庭に出て木刀で素振りをしていた。一言が手縫《てぬ》いで作ってくれた白い胴着に身を包み、素足で直《じか》に冷たい土を踏みしめている。まだ夜は完全に明け切ってはおらず、早暁《そうぎょう》の淡《あわ》いオレンジ色の光がじわりじわりと辺りに広がっていた。

「ふ！　ふ！」

一言が教えてくれた正しいフォームで百回ほども木刀を上下させていると、額には玉のような汗が浮かんできた。

「ふ、ふ！」

朝食の準備をする前に剣術の基礎鍛錬をこなしておく。それが狗朗の日課だった。夏の暑い日も、冬の寒い日も、例外を作ったことはない。大気と自分が混ざり合っていくような感覚になるまでが修練の一つの目安だった。

「よし」

自分の中で納得がいった。

姿勢と呼吸を整え、狗朗は木刀を静かに傍《かたわ》らに置いた。竹垣にかけておいた手ぬぐいを取り、汗を拭う。

だいぶ型が様になってきた、と最近、一言に褒《ほ》められたばかりだ。その時のことを思い出して狗朗は少し頬を緩ませた。

だが、すぐに、

(いや、自分はもっと厳しく精進《しょうじん》しなければ!)

そう気を引き締め直すのが狗朗らしいと言えば狗朗らしいところだった。なにしろ未だに一言を相手に稽古《けいこ》をすると、なにをされたのか分からないくらいのスピードであっという間に打ち据えられてしまう。

ちなみに狗朗は木刀、一言はその時々によって違うのだが、丸めた新聞紙や場合によっては発泡スチロールなどを得物《えもの》として使っていた。そしてその新聞紙や発泡スチロールで叩かれる度、狗朗は簡単に二、三メートルは吹っ飛ばされるのが常だった。

異能の力は一切使っていない。

あくまでタイミングと間合いの問題らしかった。

「……」

狗朗は考え込んでいる。それから今日もまた例のアレを試してみようと決めた。対象を探して庭の中に視線を彷徨《さまよ》わす。

柿《かき》と椿《つばき》の古木。アジサイが紫色《むらさきいろ》の花を咲かせている生け垣。石灯籠《いしどうろう》。何年生きているのか分からない蝦蟇《がま》が棲《す》み着いている小さな溜《た》め池。

「にゃあ」

その時、縁側の方からのっそりと一匹の猫が狗朗の方に歩み寄ってきた。甘えかかるのかと思いきや、彼の足下をあっさりと素通りする。さらにぴょんと庭石に飛び乗るとそこで悠然と毛繕《けづくろ》いを開始した。

ちらっとこちらを見やる態度が憎らしいまでにふてぶてしい。

狗朗は苦笑した。

最近、近所に棲み着いたオスのノラ猫だ。一体どこからやってきたのか定かではないが、随分《ずいぶん》と年を経た外観をしている。

一言はなぜか〝玉五郎《たまごろう》〟とその猫を呼んでいた。

(さすがにあの猫を相手に練習するわけにはいかないな)

狗朗は心の中で呟いた。

自分の力が、炎で周囲を焼き尽くしたり、真空で相手を切り刻んだりするような危険な性質のモノでないことは直感的に理解出来るし、《王》である一言からもそうお墨付きを貰っていた。だが、生き物相手にそれを行使するのはやはりまだ躊躇《ためら》われる。

なにしろ一体どういう形で第七王権者のクランズマンとしての異能が現れるのか、狗朗自身、未だに分かっていないのだ。

狗朗は庭仕事に使うプラスチック製の如雨露《じょうろ》に目をとめた。アレなら多少の失敗があっても大丈夫だろう。

狗朗は肩を大きく広げ、深呼吸をした。

合掌《がっしょう》。

瞑想《めいそう》するように目をつむり、心を落ち着ける。

（集中しろ）

自らに言い聞かせる。指先の隅々《すみずみ》まで満ちていく静かな波動を感じる。もうすっかりと馴染《なじ》みになった感覚だ。四年前は微かにしか知覚出来なかったが、今ならはっきりと分かる。比喩《ひゆ》的な言い方をするとお腹の底に見えない泉があって、そこから光の粒子が吹き上がってくるような感じだ。

それはわずかにこそばゆく、そしてとても暖かい。

理由ははっきりしている。

その瞬間、《無色の王》三輪一言と魂の根底部分で繋がるからだ。一言の力強く透き通ったバイブレーションが自分の中にもある。

それは狗朗をどこまでも勇気づけ、奮《ふる》い立たせる。

彼がやるべきことはただ一つ。

その感覚を極限まで集中させ、

（解き放つ！）

狗朗はかっと目を見開いた。対象を如雨露に固定し、力のイメージを一気に爆発させる。

だが。

ぱん、と乾いた音を立てて、全く明後日《あさって》の方角で椿の枝が揺れ、葉が二、三枚落ちただけだった。ぴくっといったんは顔を上げた猫がふんと小馬鹿《こばか》にしたような目つきでまた毛並みを整える作業に戻った。ぽちゃんと池で波紋が広がったから、主である蝦蟇が水面に飛び込んだのだろうか。

「また、失敗してしまった……」

狗朗はがっくりと肩を落とした。

彼は世にも悄然《しょうぜん》とした顔つきになって溜息をついた。一言の薫陶《くんとう》を受けて、剣の腕前は日々、ゆっくりとだが着実に進歩を遂げているのに対して、第七王権者のクランズマンとしてはこの四年間ただの一度も真っ当に力を行使出来たためしがない。

そのことが狗朗の心に暗い影を落としていた。

（俺は本当にダメだ……）

自分の不器用なところがたまらなくイヤだった。一番、大事な一言との〝絆〟を否定されているようで、毎回、失敗する度に落ち込む。

一言からは知識だけが先行しても危険なので、ちゃんと力を使えるようになったら、《王》に関連することは色々と教える、と告げられていた。

果たしてそれは一体いつのことになるのか。

もしかしたら永久にその時はやってこないのではないか。

そんな不安を振り払い、狗朗はとぼとぼと室内に戻っていった。


その光景を狗朗の庇護者である三輪一言は二階の窓からずっと見守っていた。

(さて。これぱっかりは自分次第。口で言っても難しいからね)

一言は日を細め、困ったように笑っていた。

(それに私自身、上手く説明することも出来ないし)

そっとカーテンを閉め、寝床《ねどこ》に這い戻る。朝食を作り終えた狗朗が呼びに来るまで寝たふりをしていなければならない。

「結局、何回も転びながら覚えるしかないのかな——頑張れ、クロ」

そんなことを小声で呟いていた。


狗朗と一言が暮らす集落はとある県の山間《やまあい》にあった。人口、二百人ほど。最寄《もよ》りの駅まではバスで三十分ほど揺られなければならない。コンビニはないが、なんでも売っている個人商店が一つ。小学校と中学校が同じ敷地内に併設され、集落の子供は皆、そこに通っていた。といっても全員合わせても十人に満たなかったが。

夏はよいのだが、冬は雪が降り積もるため、除雪車も通らないような細い山道を歩いて学校まで通うのは一苦労だった。

狗朗はそんな片道四十分の通学路を毎日、元気に登校していた。

名目上は五年一組に所属していたが、小学生自体が四名しかいないため、狗朗は大きな教室で他の三名と一緒に授業を受けていた。

生徒も四名だが、先生も二人しかいない。

大変、こぢんまりとした学舎《まなびや》だ。

狗朗以外の生徒は三人とも山本《やまもと》という姓で、都会から移り住んできた陶芸家のそれぞれ長男と次男と三男だった。

名前は清太《せいた》、幸太《こうた》、平太《へいた》といった。

学年は全員、狗朗よりも下の四年生と三年生と一年生で、名前も似ているが顔はそれ以上にそっくりなことで近隣では有名な兄弟だった。

愛嬌《あいきょう》のある丸くふくよかな顔にぽっちゃりとした身体つき。三人とも決して勉強が出来るタイプではないが、性格は大らかで、周囲の人間から可愛《かわい》がられる闊達《かったつ》とした子供たちだった。通称を〝大福三兄弟〟といい、彼ら自身もまたそのあだ名をよしとして自ら名乗っていた。

大福三兄弟の一番目が清太。

二番目が幸太。

三番目が平太。

三番目の平太は少し年が離れているので体格も小さかったが、清太と幸太は年子《としご》で背格好もほとんど同じため、先生ですら時にこんがらかり、名前をよく呼び間違えていた。狗朗にとってはたった三人しかいないクラスメートであり、この界隈《かいわい》、唯一の同年代の遊び相手たちだった。

その日はあいにく午前中から雨になったので、子供たちは外に遊びにいくことが出来ず、校舎の中で休み時間を過ごしていた。

長男の清太は芸術家の父親に似たのか手先が器用で、絵が上手く、よく漫画の模写などをしていた。今日も教科書の隅に落書きをし、それをパラパラ漫画に仕立て上げて弟たちを楽しませていた。

「おー、うごいたうごいた！　おっさんがちゃんと踊ってる！」

「兄ちゃん、すげー！」

次男の幸太と三男の平太がきゃっきゃっと笑って喜んでいる。それから三男が窓際の席で静かに学級日誌を認《したた》めている狗朗に向かって声をかけてきた。

「ねえ、クロちゃん。クロちゃんも見なよ！　兄ちゃんの新作、〝踊るハゲ親父《おやじ》〟凄く面白いよ！」

狗朗は顔を上げ、優しく微笑んだ。

「これを書いてしまったらな」

学校でも、村落でも、狗朗は彼らのお兄さん的な立場なのだった。時に大人から全幅の信頼を寄せられ、たった一人で彼らを監督することもある。それはこの小さな地縁社会ならではの密接な人間関係からくるものだった。

なにしろ住民全員がほぼ顔見知りなのだ。

大福三兄弟のご両親とも当然、仲良くしている。

狗朗は義務感からだけではなく、大福三兄弟を可愛がり、よく面倒を見ていた。淡い霧のような雨が優しく窓ガラスを叩く音を聞きながら、日誌をつける作業を再開しようとする。ふいに三男の平太が心の底から感心したように言っている言葉が耳に入り、また鉛筆を動かす手を止めてしまった。

「兄ちゃん、ほんとなんでも出来るね！」

今朝のことがまた思い出されてしまった。

(俺は……)

力の発動に失敗する光景。もうアレを何度繰り返してきたか分からない。

分かっているようで分かっていなかった。

（俺は本当に不器用なのかもしれない）

ふと大福三兄弟の方に目をやった。狗朗は長男ほど手先は器用ではないし、次男ほど運動神経が良くない。三男には負ける要素はまだないだろう、と思っていたらこの間の音楽の授業で彼は歌がとびきり上手いことが判明した。

鉛筆を弄《いじ》りながら自分の思考に没頭する。

（料理もよく失敗するし、クランズマンとしての力の顕現《けんげん》が未だに出来ないでいる。このままでは、言様に対しても本当に申し訳ない）

そんなことを少し暗い気持ちで考えていたら、ふいに横合いから声をかけられた。

「夜刀神くん。ちょっといい？」

「あ、はい。なんでしょう？　川村《かわむら》先生」

それはこの学校のたった二人しかいない先生の内の一人、川村光江《みつえ》先生だった。まだ二十代半ばの若さなのに当人の希望でわざわざこんな寒村に赴任してきた変わり者だが、とても教育熱心で生徒思いの良い先生だった。

下手《へた》をしたら高校生で通用するくらいの化粧っ気のない童顔に、黒いフレームの野暮《やぼ》ったい眼鏡《めがね》をかけている。色白のそれなりに整った顔立ちだったが、当人にお洒落《しゃれ》をしようという意識はあまりないらしかった。

狗朗は相手が先生ということで律儀《りちぎ》に立ち上がろうとする。それを押しとどめて赤城先生は言った。

「あ、いいのいいの。夜刀神くん。大した話じゃないから。えっとね、うん。その」

先生は少しもじもじしながら言った。

「今夜、わたしも本当にあなたのお宅にお邪魔して良いのかしら？」

「今夜？」

狗朗は少し考えてから、

「ああ、そういえば今日はうちの番でしたね！」

白い歯を見せて笑った。

「もちろんですよ。先生もこの地域の一員じゃないですか！」

赤城先生は「う」と言葉に詰まってなぜか赤くなった。この集落では金曜日の夜、〝寄り合い〟と称して大人たちが集まる飲み会を定期的に開催している。会場は村の主《おも》だった人間の自宅が持ち回りで提供され、酒や食べ物を持参で、時には日付が変わる時刻までどんちゃんと騒ぐのが通例だった。

今日は村の名士、三輪一言の自宅がその会場だった。

先日、家庭訪問があった際、一言が気さくに声をかけたのである。

良かったら今度、先生もどうですか、と。

「は、はうう」

赤城先生は妙な声を出した。

「――あの、どんな格好していったらいいの？」

「かっこう？」

狗朗は首を捻った。寄り合いに集まってくる人たちの服装を思い出す。

「そうですね。普通にみんな普段着とかですけど」

正確に言うと野良着とかジャージとかである。出てくる物もここらで造っている地酒や煮染《にし》め、乾き物程度だった。

「なるほど。三輪さんも〝気取らない仲間内の集まりですよ〟と仰ってたから、あまりフォーマルな感じではないのね」

赤城先生は頷いている。

「それと手土産《てみやげ》を持ってくるのがルールみたいだけど、それは手作りのお菓子とかでもいいのかしら？」

「あ、はい」

狗朗は即答した。彼の頭の中ではお婆《ばあ》さん連中が作って持ってくるお饅頭《まんじゅう》やおはぎが思い浮かんでいた。

「お酒を飲めない方もいるので甘い物はとても喜ばれますよ」

赤城先生は嬉しそうに笑って、

「そうか。よし、じゃあ、先生、久しぶりに頑張っちゃおうかなー」

狗朗は礼儀正しく笑いながらも内心考えていた。

（あれ？　なんか赤城先生がイメージしているのってちょっと違うんじゃないかな？）

上手く言えないのだが——。

都会から転勤してきたばっかりの若い女性が想像する〝気取らない仲間内の集まり〟とここら近辺の〝寄り合いと称する飲み会〟の実態にはかなりの齟齬《そご》がある気がした。だが、狗朗がその認識を訂正する前にチャイムが鳴って、休み時間の終わりを告げた。

赤城先生は顔を上げ、壁時計を確認してから、

「では、遠慮なくお邪魔させて頂きます。三輪さんによろしく伝えてね」

近所の若い女性から教師の顔に戻ってそう微笑んだ。

「はい！」

狗朗は元気よくそう返事をした。


家に戻るとすでに一言が今夜の酒宴に向けて準備を始めていた。割烹着《かっぽうぎ》を着て台所でせっせとなにか作っている。狗朗が手伝いを申し出たが、

「いやいや。さすがに飲み会のおつまみを君に作らせるわけにはいかないよ」

そう言って断られた。狗朗も強くは主張しなかった。一言が料理を楽しんでいるのがよく分かったからだ。

鼻歌を歌いながら手際よくフライパンをひっくり返している。狗朗は微笑み、台所から離れた。ああいう宴席用の小料理はもっと大人になってから一言に教わろうと思っていた。代わりに少しでも居心地良く来客たちが過ごせるよう、家の掃除を開始する。

一言と狗朗が住んでいる建物には元々は教師をやっていた人物が住んでいたのだそうだ。狗朗たちが通っている小学校の校長まで勤め上げ、十年以上前に亡くなられた。大変、人柄の良い男性だったらしく村の年寄り連中は酔うと未だに懐《なつ》かしそうにそんな思い出話をしている。

また郷土史家としてもそれなりに名が通っていて、民俗学の専門誌などに論文を投稿していたらしい。そんな教養のある人が建てたからなのか、普通の家にはないような本棚が大量に造作《ぞうさく》された書庫やら蔵などがあって、独特の趣《おもむき》があった。

ちなみにその蔵には亡くなられた先生が何十年もかけて集めた貴重な民俗学資料がまだ眠っていて、夜中に入ったりするとそれなりに怖かった。

一言がそれらのお面や人形や民具などを、大変気に入り、遺族と話し合ってそのままの形で譲り受けることを決めたらしい。

玄関周りを掃《は》き清め、トイレの便座カバーやマットを換え、座敷の畳《たたみ》を念入りに拭き掃除する。二階の廊下をバケツを持って移動している際、ふと気になっていちばん端の部屋を開けてみた。空気の入れ換えをしておこうと思ったのだ。

微かに匂ったのは香水だった。

狗朗の兄弟子だった、あの人が出て行ってから随分と時間が経つが、未だに部屋は当時のままだった。

〝多分、もう二度と戻っては来ないだろうけど、一応、そのままにしておこうよ〟

そう一言は笑いながら話していた。

狗朗にとっては非常に不可解な態度と言えた。この家から離れる際、ほぼ決別に近い形だったというのに。

狗朗はまだ覚えている。一言を真剣に殺そうと剣を向けるあの人と、敵《かな》わないまでも一言を護《まも》ろうとあの人と一言の間に割って入った自分。

そしてそんな彼の身体にそっと手を置いて、

〝だいじょうぶだよ、クロ〟

そう微笑んでくれた一言。

狗朗は後にも先にも一言が眉間《みけん》から血を流した姿など見たことはなかったし、彼が気合いの声と共に剣を振るうのも見たことがなかった。それだけあの人が尋常ならざる腕を持っていた、ということになる。

少なくとも三輪名神流の免許皆伝者を本気にさせるくらいに。

結局、最終的には一言が勝負に勝ったが、正直なところ二人の間に一体どこまで差があったのか狗朗には理解出来なかった。それだけ高度な次元での勝敗の決着だったのだ。そしてあの人はあっさり負けを認めると、

〝今までお世話になりました〟

にやっと笑って去っていった。自分がこの家に来るずっと前から三輪一言と生活を共にしてきたはずなのに、未練らしい未練を示さなかった。

また一言も、

〝うん。元気で〟

笑顔であの人を見送るだけだった。狗朗は未だに理解に苦しんでいる。一言とあの人との間にそれまで確執《かくしつ》があった、とはどうしても思えないし、そもそもなんで突然、斬り合いが始まったのかも不明だった。

ただ。

あの時、あの人は本当に一言を殺そうと打ちかかっていった。

それだけは間違いのない事実だった。

「――変わった人だったな」

狗朗は部屋を見回しながら呟いた。

東側に机と箪笥《たんす》があり、西側にベッドが置かれている。なにより特徴的なのが南側に置かれた大きな姿見と化粧台だった。そこには化粧水、乳液、香水、クリーム、保湿パックなどが雑然と並べられていた。

あの人はよくその化粧台に向き合って長い時間、飽きることなく肌の手入れをしていた。

「うん。本当に変な人だった」

改めてそうしみじみと述懐していた。

狗朗としてはあの人に対しては色々と複雑な感情があった。敬愛する一言に危害を加えようとしただけでも敵意を持つには充分すぎる要素だが、肝心の一言が怒っている様子もないし、なにより狗朗の兄弟子だった、というだけでなく第七王権者のクランズマンとしてもあの人は狗朗の先輩だったのだ。

狗朗が知らない《王》のこともきちんと一言から教わっていたらしく、狗朗とは違う形で一言に信頼も寄せられていた。

思い返すとあの人はほとんどこの家にはいなかった。

ごくたまにふらりと帰ってきては旅先の土産話を肴《さかな》に一言と酒を酌《く》み交わしたりしていた。それは一言から命じられた仕事をこなしている時もあったし、自分自身の修行のためにも出かけているようだった。

自由で、闘達として、捉《とら》えどころのない人だった。

狗朗は決してあの人が嫌いではなかった。

どう接して良いかたまに本気で迷う時もあったが、悪人ではないと信じていたし、剣の腕や、時折見せる思慮深さなどは尊敬もしていたのだ。

そしてそんな兄弟子だったからこそ、一言を裏切るように出奔《しゅっぽん》したことに対して感情的にどうしても許せない部分があるのだった。

あの人は最後に、

〝またどこかで会いましょう、狗朗ちゃん〟

そう艶然《えんぜん》と微笑んでいなくなった。

狗朗は考え込んでいる。

もし本当にあの人と再会するような時が来たとしたら、自分はその時、一体、どういう態度を取るのだろう。

同門の先輩として敬意を表するのか。

それとも――。

敵として戦うのか。

〝寄り合い〟は日が暮れた頃から緩やかに始まった。特に時刻が決まっているわけではないのに参加者たちが三々五々《さんさんごご》、集まってきて、いつの間にかあちらこちらで酒杯をやったりとったりしている光景はいかにも田舎らしい大らかなものだった。

この〝寄り合い〟には開催中、会場を受け持った家が家紋の入った提灯《ちょうちん》を掲《かか》げておくという習慣があった。それによって特に連絡を回さなくても、集落の人間がふらりと立ち寄れる仕組みになっているのである。

提灯は酒宴が始まる時に点灯し、終了と同時に仕舞《しま》う。今日、三輪家の提灯に火をつけたのは狗朗だった。一言からは特になにもする必要はない、と告《つ》げられていたが、狗朗としては就寝時間までは出来るだけ色々と手伝うつもりだった。

しかし、そうは言ってもまだ子供の身の上なので、大人たちが楽しんでいる酒席に顔を出すのはなるべく遠慮して、主に台所から飲み物や食べ物を運ぶ係を買って出ていた。

お燗《かん》をつけるくらいは何度かの〝寄り合い〟で学習したので、大きな薬缶《やかん》で熱燗《あつかん》をつけるお燗番みたいなこともやっていた。

八時くらいにお銚子《ちょうし》を何本かお盆に載せて座敷の方にいったら、もう宴《えん》はたけなわだった。間仕切りを外し、普段、一言と狗朗が使っている居間とこういう時くらいしか開放しない客間を繋げて、四十畳くらいのだだっ広い空間にし、テーブルをずらりと横二列に並べている。

そこに五十人近くの大人たちがひしめき合っていた。

狗朗が空いたグラスを片付けたり、食器を回収したりしていると、顔見知りのご近所さんたちが、

「本当に狗朗ちゃんは偉いねえ」

「あんたはよく働く良い子だねえ」

口々にそう褒めてくれた。狗朗は面《おも》はゆくて頰を赤らめながらお礼を述べた。ふと宴席の中央を見ると一言が沢山の人たちに囲まれて和《なご》やかに談笑していた。年寄りも若い者も男も女も皆、一言と話すのが楽しいらしく、こういった飲み会の席で一言の周りから人の気配が途切れることはまずなかった。

そういう光景を見ていると狗朗は単純に誇《ほこ》らしく、また嬉しかった。

自分が敬愛する人物が他の人間にも好かれている。

それはある意味で自分が直接、好意を抱かれるよりも心が満たされることだった。実際、この集落での一言の信望には凄いものがあった。

働き盛りの男から税金や相続のことで相談されることもあるし、青年から恋の悩みを打ち明けられることもある。嫁と上手くいかない老婆の愚痴《ぐち》を茶飲み話で聞くこともあるし、村長から村の運営方針を内々で打診されることもあった。

豊かな経験に基づく該博《がいはく》な知識と誰に対しても分け隔《へだ》てすることのない誠実な人柄が一言をこの村のなくてはならない最重要人物にしていた。

少し困ったことがあると、

〝ちょっと三輪さんのところに行ってくるべ〟

というのが村人の習いだった。

〝三輪先生〟

そう一言のことを呼ぶ者も多かった。

今も周りに集まっている人たちが一言がかつて中南米を旅した時の話に聞き入っている。狗朗も何度か聞いたことがある。拳銃《けんじゅう》を突きつけてきた強盗と最終的に仲良くなってしまう実体験に基づく笑い話だった。

案の定、オチの部分で周りがどっと沸いた。少し離れた場所で聞き耳を立てていた狗朗も思わずくすりと笑ってしまった。

一言には真面目な顔で飄々と冗談や笑い話をするような一面もあった。

彼自身も苦笑し、

「だから、それ以来、私はタコスが食べられなくなったんですよ」

だめ押しの一言を述べた。またみんなが声を上げて笑った。普通ならそこで切り上げるところだが、一言はさらに、

「〝ブラジリア　踊ってみたか　サンバかな〟」

とびっきりの笑顔でそう言った。

「〝ブラジリア　踊ってみたか　サンバかな〟」

うんうんと頷きながら一言がそう繰り返した。

周りが固まっていた。それから、

「お、おお」

とか、

「あ、ああ。なるほど」

などと曖昧なことを言って微妙な表情を浮かべている。反応的には〝えっと、なにを言っているのだかよく分からないけど、あなたのことが好きなんで出来るだけ突っ込まないようにするよ〟という感じなのだが、一言は充分、それだけで幸せそうだった。

ふと狗朗と目が合ったので、狗朗がもの凄く真剣な顔で小さく拍手の真似《まね》をすると、嬉しそうな照れたような顔つきになって頭を掻《か》いた。

「……」

「……」

周囲の人間は引き笑いを浮かべていた。

師弟は知らなかった。

三輪一言が、

〝本当に素晴らしくよく出来た人で、他のことは全く問題ないんだけど、ただ一つ、突然、訳の分からないことを口走るのだけがねえ〟

そう村人から評されていることに。

ある老婆は、

〝あれさえなかったら幾らでも嫁の来手《きて》があるだろうに〟

そうしみじみと嘆《なげ》いていた。

〝先祖の因縁かなんかだろうか。一度、山のおん婆のお祓《はら》いを受けた方がいい気がする〟

真顔で主張している人もいるし、

〝いや、先祖の因縁ではなくアレは狐《きつね》が取《と》り憑《つ》いてるんだ〟

真っ向からそう反駁《はんばく》する者もいた。どちらも霊障扱いをしているのは変わらなかった。

比較的、擁護派は、

〝ああすることであえて欠点を作りだして俺たちと同じレベルに立っていてくれるのさ。本当に頭の良い人だよ〟

『三輪一言わざと説』を唱えていた。村長などもどちらかというとそちら寄りで、村人からコメントを求められると少し困ったような笑顔で、

〝三輪先生の深謀《しんぼう》は私にはちょっと分からないよ〟

そう言って当たり障《さわ》りのない口上で逃げていた。村人たちは共通してその現象を、

〝三輪先生のご病気〟

などと呼んでいたし、一言が自らの職業として俳人を掲げているのも、前衛的ななにかの冗談だ、と見なしていた。もちろん一言も狗朗も全くそうは思っていなかった。狗朗などは一言が俳句を詠《よ》む度、本気で泣かんばかりに感動して、それを目《ま》の当たりにした周りの人間から将来を心配されたりしていた。

一言があまりにも無造作に貴重な〝お言葉〟を垂れ流すので、それを上手く記録し、収集するのが自分の今後の役目だ、と狗朗などは真剣に考えていた。

さしあたってもう少ししたら記録用の電子機器を手に入れよう、と計画を練《ね》りながら宴席を後にする。

台所に戻ると近所の主婦たちが三人ばかりいた。こういった〝寄り合い〟の席で主催者を手伝って酒の肴を作ったり、配膳をしたりしてくれるいわばボランティアたちだ。特に当番制というわけでもないので、なんとなくその時、手の空いている奥さんたちがする習慣になっている。

こういう働き者の女性たちがいなければ、とても宴席など催《もよお》すことは出来ないだろう。

三人とも少し手が空いたのか、椅子《いす》に座って四方山話《よもやまばなし》に花を咲かせていた。

そして狗朗を見ると、

「狗朗ちゃん。今日はお疲れ様だったね」

「もうそろそろ休みなさい」

口々にそう労《ねぎら》ってくれた。

狗朗は笑顔で、

「はい、ありがとうございます。この洗い物だけしたらお休みさせて頂きます」

大人から見て出来すぎなくらいよく出来た子供である。一言も敬愛されていたが、狗朗は狗朗で、この集落の人々からとても大事にされているのだった。

ふいにその中の一人が、

「そういえば狗朗ちゃん。ちょっと変なことを聞くようだけど、三輪先生って結婚されていたことはないのかい?」

「え? いいえ。特に聞いたことはないです」

狗朗は腕まくりして流しに向かいながら小首を傾げた。

「そう」

「うーん」

奥様連中は曖昧な顔をしている。さらに別の一人が、

「誰かその、お付き合いしている人もいないんだね?」

「……」

狗朗はちょっと考えてから少し自信がなさそうに、

「えっと、多分、いないと思います」

いたらさすがにすぐ分かる気がする。なにしろ一言とは四六時中、一緒にいるのだ。女の人たちが突然、姦《かしま》しくなった。

「だったらまだ赤城先生にもチャンスが」

「でもねえ。三輪先生、鈍《にぶ》いからねえ」

そんなことを話していた。狗朗は不思議に思っていた。

(なんでここで赤城先生の名前が出てくるんだろう?)

そう言えば赤城先生もあのお座敷にはいた。珍しく髪を整え、きちんとした服装をしていた。ただ、たまたま運悪く集落でも一番、話が長くてくどい田中《たなか》、という老人に捕まって、延々、戦時中、就《つ》いていた特殊任務について聞かされていた。

「その時、私は中尉に随《したが》って潜水艦に乗り込み、祖国の命運を分ける品物を日本に運ぶためドイツの港を」

そんな調子で滔々《とうとう》と二、三時間やられるのである。

少しやつれ気味だった。

「折角《せっかく》、お洒落なシュークリームを作ってきたみたいだけど、それも田中のお爺ちゃんに全部、ばくばくと食べられちゃったみたいで」

「なるほど、本当に食べて貰いたかった人には届かなかったわけね。気の毒ねえ」

女性陣は溜息をついている。狗朗はふと気になって、

「え？　食べて貰いたかった人って誰です？」

すると見た目も年齢もばらばらの女の人たちが揃《そろ》って狗朗をじいっと見つめてきた。さらに彼女らは、

「狗朗ちゃんはね」

「朴念仁《ぼくねんじん》になっちゃダメ。将来、女心をちゃんと分かってあげられる男の人になってね」

「さもないと三輪先生みたいに婚期を逃すから」

畳みかけるように、そう言った。

はあ、としか答えられなかった。狗朗が目をぱちくりさせていると女性たちは苦笑気味になって付け加えた。

「まあ、狗朗ちゃんにはまだ少し早いかもね」

それが結論だった。


時計の針が九時を少し回った辺りで狗朗は二階の自室に戻っていった。お座敷ではまだまだ宴会は続いていたが、狗朗が小学生であることを考えれば、もう休むべき頃合いだろう。お風呂と歯磨きは既に済ませてあったので、後は寝間着に着替えて寝床に入るだけだった。それでもなんとなくまだ眠りたくなくて、狗朗は窓から外の景色を眺めていた。

酒宴の席からこぼれる明かりが庭をオレンジ色に染めている。

月が煌々《こうこう》と空で輝いていた。

（俺は――早くクランズマンとしての力を使えるようになりたい。そのためには）

ふと視線を転じると池の辺りで今朝の猫が顎《あご》を掻いていた。狗朗の視線に気がついたのか顔を上げ、にゃあ、という形に口を開く。

階下から響いてくる賑やかな音でその声は狗朗の耳には届かなかった。猫はふいっとそっぽを向くと足早に敷地の外に駆けていった。

狗朗は目を細めた。

ふいにある考えが頭に思い浮かんだ。

「――よし」

自分の中で納得して頷いた。

「明日からもっと頑張ろう。とりあえずこの方法でやるしかない」

そうして狗朗は布団の中に身を横たえた。

狗朗の長い一日がようやく終わりを迎えた。

翌日から狗朗はさらに身を入れて修養に努めた。勉強や剣術はもちろんだが、特にクランズマンとしての能力を発現させようと様々な努力を行った。

そしてそのために彼が実践したのが、三輪一言の徹底的な観察だった。

狗朗の解釈はこうだ。

（俺はまだ一言様を理解し切れていない。だから、きっと第七王権者、《無色の王》の力が行使出来ないんだ）

クランズマンの定義の詳細を狗朗はまだ一言から教わっていない。実は《王》やその《王》から力を付与されたクランズマン、という用語も一言から直接、教わったのではなく、かつて自分と同じく一言の家にいたあの人から間接的に聞かされたものだ。

狗朗はだから、細かい部分は推測するしかなかった。

一言の能力を一部、貰い受けるのがクランズマンであり、そのためには可能な限り一言と意識を同化する必要がある。そしてそのもっとも効果的な方法として一言と同じような立ち居振る舞いをすれば良い、といういささか単純明快すぎるくらいの考えが〝寄り合い〟のあった夜、彼の頭の中に思い浮かんでいたのだ。

狗朗は、一度思い込むと徹底的にそれを行う傾向がある。

食事中、一言と同じようなタイミングで箸を上げ下ろしし、彼が歩くように自らも歩を進め、一言が本を読んでいる時はなるべく読書に努めるようにした。

笑い方や小首を傾げる独特の癖も再現する。

この段階でなんとなく楽しくなってきた。

一言が着ている服も着てみたかったが、それはさすがに畏《おそ》れ多いので、可能な限り着こなしを似せるようにした。さらに一言が時折、呟く俳句も真似して、

『入梅《にゅうばい》や　洗濯物に　困りなむ』

や、

『霧雨《きりさめ》を　微睡《まどろ》み進む　蝸牛《かたつむり》』

など詠んでみたが、さして面白みがあるとは思えなかった。やはり一言様は天才だ、と改めて狗朗は感じ入った。

そしてそんなことをしていれば当然、一言も気がつくわけで、

「あのさ、クロ」

ある日、不思議そうに尋ねてきた。

「その鏡みたいなことをしているのはなんか理由があるのかな？」

狗朗は率直に全てを語った。

一言を模倣《もほう》することによってクランズマンとしての修行をしていると。

「うーん」

一言は感心したような、意表を突かれたような顔つきになって腕を組んだ。狗朗はふと不安になった。

「――もしかしてこれはあまり効果のない行為なのでしょうか？」

肝心の一言本人に否定されては意味がない。だが、一言は、

「……ごめん」

ふいに謝ってきた。

「いや、実は私もよく分からないんだ。その方法が果たして合っているのか間違っているのか」

狗朗は目をぱちくりさせた。まさか《王》本人が答えられないとは思わなかった。一言はゆっくりとした口調で、

「それはね、世界の捉え方を説明するようなものだと思う。同じ赤い色を見ていても君と私では見え方が違うかもしれないでしょう？　赤色を使う、と言ったって、君の中で見えている赤は私のソレと違うのかもしれない。だから、それが正しいかどうかは私も教えてあげられない。服のサイズや食べ物の趣味は人それぞれだから」

「――なるほど」

しばらくしてから狗朗が呟いた。

（分かったような、分からないような……）

彼はさらに質問を重ねた。

「では、一言様は一体、どのようにして《王》の力を使っているのですか？」

その問いに一言は、

「えーとね、ふわっと空から星が降りてくるからそれを捕まえる感じ」

「……」

狗朗は言葉を失う。

「別の王は確か〝身体から吹き上がる存在の炎をちょびっと小出しに出す〞って言っていた」

「ほのお。ですか？」

「そう。ぼおっだって」

余計、混乱してきた。一言は穏やかに微笑み、話し続ける。

「クロ。結局、これは君がどうしたいか、ということに尽きると思うよ。君の中には既に私と同質の力が眠っているんだ」

それは前にも一言から指摘された気がする。

もう既に君は私と契約をしている。

あとはそれを引き出す君次第、なのだと。

「君の本質——この世界とどう向き合うか、どう向かい合うか。それが全ての鍵なんじゃないかな？」

そう言われて狗朗はうなだれた。

彼には自分の本質が、まだよく分かっていなかった。一言はそんな狗朗の心の機微を敏感に見抜いたようで、彼の小さな肩に両手を置いた。

「うん、でも、正しいかどうか分からない事柄をとりあえず納得いくまで試してみるってのは大事なことかもしれないね」

にやっと笑って、

「よし、分かった。しばらく私を徹底的に真似してみるんだ、クロ！」

こういう部分が一言の懐《ふところ》の深さであり、大らかさだった。

「え？　ほ、ほんとうですか？」

「うん。考えてみたら君はまだ小学生だからね。つい忘れがちになるけど、そんな歳で自分のことをよく分かっていたら逆にそっちの方が怖いよ」

一言は小首を傾げ、

「たぶん、君は今の時点では全クラン中、一番、若いクランズマンなんじゃないかな？」

「そ、そうなんですか？」

一言が《王》に関連する知識を狗朗に話してくれるのは非常に珍しい。

「うん」

一言はにこっと笑った。

「だから、もっと自分に自信を持ってよ、クロ」

狗朗は頬を紅潮させて背筋を伸ばした。

「はい！　一言様」

自分の本質。

それは、言を敬愛すること、でよいような気がしている狗朗だった。二人はその後、仲良く俳句を一緒に作った。


一言から公認を貰い狗朗はさらに徹底的に彼の模倣に励《はげ》んだ。

〝確かに師匠をとことん真似するやり方は武術の世界では割と一般的だし、その方が君に向いているかもね〞

一言もそう言ってくれたが、残念ながら結果はあまり芳《かんば》しいものではなかった。

どれだけやってもやはり上手く異能の力を使うことが出来なかった。学校などでもどうしても考え込みがちになる。

「……クロちゃん。どうしたの？」

大福三兄弟の末弟、平太に尋ねられ、

「む。大したことではない。すまない」

狗朗は笑ってみせた。今、休み時間を利用して平太の勉強を見てやっているのだ。つい上《うわ》の空になってしまった。

ちなみに彼の二人の兄、清太と幸太は紙で作ったお手製の将棋盤と駒《こま》で将棋を指してい

た。狗朗は微笑み、

「ほら、ここで十の位から一借りてくるだろう？　そうすると一の位が」

引き算を教えてやっていた。平太はふんふんと頷いてから目を輝かせた。

「すごい、よく分かったよ、クロちゃん！」

狗朗は満足そうに頷いた。平太が調子に乗って言う。

「兄ちゃんたちとはえらいちがいだ！」

「悪かったな！」

「そりゃあ、クロちゃんには頭ではかなわないよ」

そんなこともないだろう、と狗朗は小首を傾げる。大福三兄弟は苦笑した。

「いやいや、なに言ってるの。この学校で……つっても、俺たちしかいないけど、クロちゃんが一番、頭がいいじゃん」

「俺たちクロちゃんすげえと思ってるんだぜ？」

長兄と次兄が口々にそう言った。

「……そうか」

自分では意識していなかったが、大福三兄弟はそう思ってくれているらしい。

「ありがとう」

「ねえねえ、クロちゃんはなんでそんなに勉強出来るの？」

三男が聞いてきたので狗朗は首を傾げてから、

「そうだな。一言様に時々、勉強を見て貰っているからかもしれない」

ふと顔を輝かせ、

「そうだ！　おまえたちも今度、休みの日にでも一言様から勉強を教わったらどうだ？」

それはとても良い考えのように思えた。

だが。

その言葉を聞いて三兄弟がなんともいえない微妙な表情になって顔を見合わせた。

「……どうした？」

狗朗が怪訝に思って尋ねると、

「いやあ」

「俺たちはいいや」

「ねえ？」

狗朗はむっとした顔つきになった。それを敏感に察して長兄の清太が慌てたように手を振った。

「いや、違うよ。三輪先生になんかあるわけじゃないんだ。俺たち、三輪先生は大好きだよ？」

「なら、なんで」

「いや、だからね」

長兄の清太が代表して理由を説明した。

「あのね、三輪先生って教えるのすげえ下手じゃない？」

狗朗は目を丸くした。

「え？」

「んー、というか」

次兄の幸太が兄の補足をする。

「なんか頭が良すぎて、自分でなんでも出来るから、出来ない人に分かりやすく教えることが出来ないんじゃないかな？　うちの父ちゃんが、天才はだいたい教えるのが下手だって言ってた。野球選手に有名なそういう人がいるんだって。バッティングを教える時、ここで手首をびゅーんとして、とか、ずばんとバットを振って、とか言うんだけど、周りの人はなに言ってるのか、全然分からないんだって」

「そんな」

バカな、と続けようとしたが、言葉に詰まった。

〝ふわっと空から星が降りてくるからそれを捕まえる感じ〟

一言は確かに自分の力を発現させる時のことをこう表現していた。

（確かに——少し、ほんのわずか、ちょっとだけだが一言様の修辞は凡人には分かりにく

い部分があるかもしれない）

「だが、それは一言様がすごい能力を持ってらっしゃるからこそ」

血色《けしき》ばんで一言を擁護《ようご》しようとする狗朗を、

「いやいや。それは俺たちもちゃんとそう思ってるよ？」

「だから、天才なんだよ、三輪先生は」

大福三兄弟の上二人が宥《なだ》める。

「それにさ」

長兄の清太が笑いながら、

「クロちゃんも大概、同じだと思うけどな」

「どういう意味だ？」

次男の幸太もおかしそうに、

「いや、クロちゃんだって系統的には天才でしょう？　少なくとも剣の世界では」

狗朗は固まった。

「――いや、違うだろう？」

恐る恐るといった自信がなさそうな態度だった。

自分が天才？

ありえない、と思っていた。自分の剣は練りに練って造り上げたモノだ。生来の飲み込みの悪さと凡人以下の不器用さを努力で埋めに埋めて習得した。才能などないし、ましてや天才などでは全くない。

清太が軽く溜息をついた。

「そっか。自分では分からないんだね。あのさ、一回、俺たち、クロちゃんの剣術の稽古を見学に行ったことがあっただろう？」

狗朗が頷いた。

「そういえばそんなこともあったな」

「その時さ、クロちゃん、結構、派手に三輪先生に転ばされていたじゃない。俺たちにはなにやってるのかすら分からなかったけど、変な技で」

「相手を飛び越えざま、吹っ飛ばすみたいなヤツ」

「ああ」

狗朗は思い出した。

「〝霞三双《かすみさんそう》〟だな」

「まあ、技の名前はなんでもいいや。でさ、その時、クロちゃん、その技のかけ方を三輪先生に習っていたでしょう？」

「習っていたな」

狗朗は肯定する。幸太が含み笑いで言った。

「アレで三輪先生もクロちゃんも、ずれてるなあと俺たち内心、思っていたんだよ」

「え？　なんでだ？」

狗朗は真顔で首を傾げる。

「よく分からないぞ」

清太が言った。

「まあ、そこら辺なんだよね。天才の理由は。すげえ会話だったよ、アレ」

「どういうことだ。ちゃんと説明してくれ！」

「いや、だからさ、この技はどうやってかけたらいいのか、ってクロちゃん聞いてたら、三輪先生すげえ普通の顔で〝そうだね、まず垂直に二メートルくらい跳び上がってから空中で身体を入れ替え〟とか言ってたじゃない」

「ああ」

狗朗が段々と弱気な表情になる。清太と幸太が口を揃えて突っ込んだ。

「「普通の人間はまず二メートルも縦に跳べねえよ！」」

狗朗はショックを受けた顔になった。

「――跳べない、のか？」

「跳べません」

「無理だね」

「無理だねえ」

三男の平太までにこにこしながらそう口にした。

「……」

狗朗は愕然《がくぜん》としていた。清太がさらに説明する。

「でさ、ここからがおかしいんだけど、クロちゃん、真面目な顔でそれを聞いて、分かりましたって練習始めて、一時間後くらいには本当に一メートル近く跳んでたでしょう？ でも、悔しそうな顔していたじゃない？ まだ半分か、って」

「あ、ああ」

「「「普通の小学生は一メートルだって縦に跳べません！」」」

大福三兄弟の上二人の声に三男も加わって面白そうに声を揃えた。狗朗は頭を抱えた。

「大人になればみんな二メートルくらい普通に跳べるのかと思っていた……」

清太と幸太が顔を見合わせた。

「やっぱな。思っていた通りだ」

「クロちゃんって、しっかりしているようで結構、色々ずれてるんだよねえ」

「うーん」

考え込んでいる狗朗に清太が付け加える。

「さっきも言ったけどさ、クロちゃんすげえなって俺たちが思うのは、あの天才、三輪一言先生の教えにちゃんとついていってるところなんだよ。普通の人ならまずついていけないよ。そもそも分からないもん、あの人がなに言ってるか」

「それはクロちゃんも天才だからだと思うよ。割と。マジで」

「……」

狗朗はじっと考え事をしていた。今回、ひょっとしたらとてつもないヒントをこの三人から貰ったのかもしれない。

(俺は――俺自身がよく分かっていなかった？)

自分が本当に天才かどうかはとりあえずおいておいて、自分が意識する夜刀神狗朗と周りが認める夜刀神狗朗にはどうやらいささか違いがあったらしい。

(もしかしたらそこに鍵が――自分の本質があるのかもしれない)

狗朗は真顔になった。

「ありがとう。おまえたちのお陰で色々と目が覚めた思いだ」

清太と幸太は顔を見合わせ、

「え？　そ、そう？」

「まあ、俺たち、そんな大したことも言ってないと思うけど」

照れくさそうに頭を掻いた。ただ一番、幼い平太だけが、

「いいんだよ、クロちゃん。俺たち友達だろう？」

にこっと笑って手を握ってきた。

狗朗も、

「ありがとう」

そんな彼の手を笑顔で握り返していた。なにかを摑《つか》みかけていた。


放課後、川辺へ釣りに行こう、という三兄弟の遊びの誘いを断って、狗朗は家に戻った。

「気をつけるんだぞ」

声だけはしっかりとかけておく。家に戻ると一言は留守だった。居間のちゃぶ台に置き手紙があって、

『二日ほど留守にします。申し訳ないけど食事は自分でなんとかしてください。今更、君に言わなくても大丈夫だと思うけど、火の元だけは充分に注意を』

そう記されてあった。

一言は時々、こうして家からふいにいなくなることがあった。特に理由を明記していない時はほとんどの場合、《王》としての責務を果たしに行っているらしい。

狗朗はあまり詳しく尋ねないようにしていたが、内心では早く一人前になって一言の肩代わりが出来るようになったら、と考えていた。

「――そうか」

ちょっと残念だった。一言に色々と聞いてみたいことがあったのだ。大福三兄弟から指摘されたことを踏まえて、今ならもっと工夫して質問が出来る気がした。

天才、二輪一言に、一番ついていけるのは自分だけ。

その言葉は大いに自信になっている。

「では、急いで戻る必要もなかったな」

今から大福三兄弟のところに遊びに行こうかな、と狗朗が子供らしく迷っていると庭の方から声が聞こえた。

「狗朗ちゃん。いる？」

狗朗はさっと立ち上がってガラス戸を引いた。勝手口の方から柔和《にゅうわ》な表情の老婦人が入ってくるところだった。

「ああ、渡辺《わたなべ》さん。いらっしゃい」

狗朗はぺこりと頭を下げた。一言の家のお隣さんである。二年ほど前に連れ合いを亡くし、今は次男とその奥さんと共に穏やかに暮らしている。非常に聡《さと》く、優しい女性で、狗朗が一言に引き取られた時から、なにかと目をかけ、世話を焼いてくれた。

〝ほら、男の人だけだと小さい子の世話は心配だろう？　それにうちはもう孫も巣立っちゃったし。だから、狗朗ちゃんの面倒を見るのは楽しいの〟

そう言って狗朗にお菓子を作ったり、マフラーを編んだりしてくれた。狗朗にとっては頭の上がらない恩人の一人だ。

狗朗の性格として、尊敬すべき年長者へは仰々《ぎょうぎょう》しいまでに丁寧な態度になる。今もさながら時代劇の登場人物のように恭《うやうや》しく老婦人に向かって告げる。

「ご足労《そくろう》頂いて誠に申し訳ありませんが、三輪は今、留守にしております」

そんな狗朗の堅苦しい振る舞いを老婦人は少しおかしそうに見やり、

「うん、知っている。三輪さん、出がけにうちに声をかけていったから。狗朗ちゃんを気にかけておいてくれって。それで、ちょっとご飯を持ってきたんだけど、よかったらどう?」

「おお、それはそれは！　そうでしたか」

狗朗は白い歯を見せた。

「ありがとうございます、渡辺さん。いつも恐縮です」

小学生とは思えないくらい大人びた言葉遣いだった。

老婦人はたまらずくすくすと笑いながら、

「狗朗ちゃんは本当にいつもしっかりしているねえ」

その口調にはほんのわずかのからかいもあった。

狗朗はそのニュアンスに気がつかず、頬を赤らめる。ここら辺りがまだ子供の証拠だろう。さらに老婦人が差し出してきたラップがかけられたプラスチックの容器を受け取って、
狗朗は歓声を上げた。

「あ、出汁《だし》巻き卵がある！」

純粋な喜びに満ち溢《あふ》れていた。

「ありがとうございます。俺、渡辺さんが作ってくれる出汁巻き卵大好きなんです！」

「おやおや」

老婦人が目を細めた。

「それは嬉しいねえ」

「はい。すっごく味が染みているのに、とっても爽《さわ》やかでさっぱりとしていて。俺もいつかこんな出汁巻き卵を作れるようになりたいです」

老婦人は少し考えているふうだった。それから、

「ねえ、狗朗ちゃん」

「はい」

「よかったら出汁巻き卵の作り方、教えて上げようか？」

その言葉に狗朗は動きを止めた。

「え？」

しばらくしてから声を出す。老婦人は怪訝そうに、

「どうしたの？」

「あ、はい」

うーんと悩んでから、

「すいません」

本当に申し訳なさそうに頭を下げた。

「すごく嬉しいんですけど。ちょっと、その」

老婦人も困惑したように、

「あ、ううん。無理にとは言わないけど――なんでだい？」

「は、はい！」

狗朗は早口で説明した。渡辺のお婆さんに対して折角の厚意を無下に断る非礼なヤツ、とは思われたくなかった。

「俺、今、一言様のもとで色々と教わっているじゃないですか？」

「そうだねえ」

老婦人はにこにこしながら言う。

「毎日、頑張ってるねえ」

狗朗は顔を赤らめ、

「ありがとうございます。でも、俺、不器用だし、その、物事をゆっくりとやっていかないといけないから複数の方から教わらない方がいいと思うんです」

「……」

老婦人はゆっくりと首を傾げた。

「なんで？」

「はい。そうするとどれも中途半端になっちゃう気がして。だから、料理にしてもなんにしても一言様からまず習って、しっかりと一人前になってから他の方々の流儀を覚えようと思うんです」

老婦人はわずかに目を見開いた。それから感嘆したように言う。

「狗朗ちゃんは本当に真面目だねえ」

「すいません」

「ううん。気にしなくて大丈夫だよ。狗朗ちゃんの言っていることもよく分かるから」

老婦人はまたふふふと笑い、

「師匠とお弟子さんでも随分と違うねえ。三輪さんはすごく軽い感じで私から習ったよ」

「……」

狗朗は、一拍考える時間をおいてから、

「それは出汁巻き卵の作り方ですか？」

「ううん」

老婦人はこともなげに答えた。

「料理の基本全部」

「え？」

狗朗は固まった。

「料理全部？」

その驚き具合に老婦人もびっくりして、

「あれ？　聞いてなかったのかい？　三輪さん、ここに越してきた時はほんとーになにも出来なかったんだよ。でも、独り身で困るからって私に色々と教わって」

「！」

狗朗にとって大げさに言えばそれは天地が揺らぐような情報だった。

（一言様が？　あの天才、一言様が最近まで料理が出来なかった？）

「まあ、あの人のことだから幾らもしないうちにあっという間に私より上手くなったけどね」

老婦人は懐かしそうに目を細めた。

「でも、最初の時は油をひかずに野菜を炒めたり、出汁を生ゴミと勘違いして捨てちゃったりして私に怒られたものだよ」

狗朗は、

「――なんと」

思わず呻《うめ》き声を漏らした。

だが、よくよく考えれば、それはそう不思議なことでもない気がした。一言は元々は剣術道場の跡取りであり、有能なビジネスマンだったのだ。その前半生に料理を習得するタイミングはなかったのかもしれない。

（しかし、まさかここに来てから習い覚えたことだったとは……）

あんなに楽しそうに、自在に調理をするのに、ほんの数年前までは野菜を炒めることすらままならなかった。

一言にも出来ないことがあった。

それはショックなような、それでいて清新な感動を与えられたような、不思議な感覚であった。

「そうか。一言様も人から教わっていたのか」

「当たり前だよ」

老婦人が苦笑しながら、

「三輪さんだってなにも最初っからあのまんまで生まれてきたわけじゃない。お母さんのお腹《なか》から生まれた時は赤ん坊だったし、子供時代だってあったんだ」

「それはそうなのですが」

「だったらその時、先生から勉強を教わったわけだし、周りの大人から叱《しか》られたり、褒められたりして育った。当然だろう？」

自分と一緒だ、と狗朗は思った。

「そもそも剣術だってお爺さんから習ったたって聞いてたけど違うのかい？」

「……違いません」

狗朗は深く頷いている。ずっとその事実は知っていた。

なのに。

そのことを深く考えてみたことがなかった。

ふいに老婦人が優しい眼差《まなざ》しになった。

「狗朗ちゃん。そうやって人は繫がっていくんだよ。三輪さんのお爺さんが三輪さんに剣術を教えて、今度は三輪さんが狗朗ちゃんに教えて」

「……」

「だから、狗朗ちゃんの中には三輪さんだけじゃなくって、そのお爺さんの想いや気持ちも自然に伝わっているの」

「俺の、中に？」

「そ。だから、狗朗ちゃんが三輪さんから料理を教われば、それは自動的にこのお婆ちゃんから料理を教わったことにもなるのさ」

少し悪戯《いたずら》っぽく、

「するとまあ、狗朗ちゃんはお婆ちゃんの孫弟子ということになるね」

「そうか」

狗朗は深く息をついた。

「俺が渡辺さんの」

「それはね、私からするとすっごく嬉しいことなんだよ。お婆ちゃんはいつか死ぬけどこのお婆ちゃんの想いは料理の技術を通じて若い狗朗ちゃんに繋がる。そして今度はいつか狗朗ちゃんがもっと若い人になにかを教える。勉強や剣術や、その他いろんなことをね。そうやって繋いでいった長い、長い人の想いの詰まったたすきのリレーをきっと私たちは」

老婦人はゆっくりと言った。

「〝絆〟というんだろうね」

「……」

狗朗は目を光らせていた。彼は顔を上げ、なにかを言おうとした。

「――渡辺さん、俺」

その時である。血相を変えて庭に飛び込んできた男がいた。

「三輪先生いるかい！」

それは渡辺のお婆さんと同居している次男だった。

「どうしたんだい？　三輪さんは今、留守だよ」

その騒々《そうぞう》しさを咎《とが》め立てるように眉をひそめる。だが、男は自分の母の反応に気がついている様子もなかった。

「あちゃあ！　こんな時にか！　困ったなあ」

顔を覆って、天を仰ぐ。老婦人が怒ったように、

「だから、一体どうしたんだよ？」

すると男は、ちらっと狗朗を気にしてから早口で告げた。

「行方不明になったんだよ！　大福さん、いや、山本さんのところの三男坊が！」

狗朗と老婦人の顔色がさっと変わった。


清太と幸太の話では三人で釣りをしている時に真っ白なシカが川辺に現れ、それを思わず追いかけていってしまったらしい。

この集落にすっかりと馴染んできたとはいえ、元々は都会育ちの兄弟である。物珍しさのあまり子供たちだけで入ってはいけない、と言われている山の方に足を踏み入れた。

だが、清太と幸太も大人からの言いつけを破っている自覚があったから、シカを見失ってすぐに元いた場所へと引き返した。

距離的には木々の切れ目から百メートルも離れていなかったそうだ。だが、再び川辺に出たところ、三男の平太だけが忽然《こつぜん》といなくなっていたのだそうだ。

後でその話を聞かされた時、狗朗の胃まで痛くなった。

幼い弟を見失った兄二人はさぞや恐怖したことだろう。

二人はその瞬間、とても迷ったのだそうだ。

すぐに山の中にとって返して平太を探しに行くか。

あるいは誰かに助けを求めるか。

この時、清太と幸太は客観的に見て、褒められるべき選択をした。大人に叱られることを覚悟で、一番、近くの家に飛び込んだのである。

二次遭難の可能性を避けた子供なりに考え抜いた末の行動だった。

そしてこの決断が功を奏して、知らせはあっという間に村中を駆け巡った。狗朗が三兄弟の家に辿り着いた時、清太と幸太は母親に取りすがってわんわん泣いていた。

母親はそんな兄弟二人をぎゅっと抱きしめていて、父親は集まってきた村の男たちと深刻な顔で捜索の手順について打ち合わせをしていた。

もう日が暮れ始めている。

男たちは懐中電灯や松明《たいまつ》の用意をし、山歩きに慣れた者をリーダーにして、四人一組になった。各組にはＧＰＳ携帯が支給され、随時連絡を取り合うことが決まる。本部は山本家である。

そのうちの何組かは猟犬を使っていた。

男たちはそれぞれ山の中にばらばらに散っていった。大きな声で平太を呼ぶ声がしばらくの間、聞こえていた。

女性たちは万が一のことを考えて集落を歩き回る。

子供のことだ。もしかしたら近くに隠れていたりする可能性もあるのだ。赤城先生も心配そうな顔で色々な場所を探し回っていた。

さらには夜の山道を歩き回っている男たちのために炊き出しをする者。

平太のお母さんを慰《なぐさ》める者。

渡辺のお婆さんなども、

〝だいじょうぶ。子供は案外けろっとして見つかるもんだよ。こういうことは何年かに一回あるからね。今はもう寒い季節じゃないし、ぜったい、だいじょうぶ〟

そう言って山本母子を力づけていた。

そして狗朗は――。

その時、もう覚悟を決めていた。

一人で平太を助けに行く覚悟を。

ただでさえ危険な山の中に日が暮れてから子供一人で入るのである。本来なら絶対、許されない行為だ。

だが、狗朗には不思議な確信があった。

きっと自分なら平太を見つけ出すことが出来る。

(俺ならきっと)

他の捜索者に知られたら間違いなく大目玉である。彼としてもリスクを冒《おか》しているという自覚はあった。

だから、狗朗は心の中で自らの道徳律《どうとくりつ》に尋ねてみる。

(一言様だったらどうするか?)

それだけである。

もし三輪一言がこの場にいたら狗朗は出ていく必要がない。きっと他の子供たちと共に大人しく家で待っていただろう。

だが、今、尊敬すべき師はいない。

(ならば)

狗朗は山を駆け始めた。

(俺が行く。俺が行かなきゃ。平太は俺が助ける!)

クロちゃん、と手を握ってくれた平太を。

自分を心から尊敬してくれた平太を。

集落の誰からも可愛がられている平太を。

友達だろう、と彼は言ってくれた。

（ならば）

心の中の三輪一言は苦笑気味に頷いてくれている。

行け、クロ、と。

この行為は決して間違いではない。

危険だが間違いではないのだ。

今、平太は危険な状態に陥っている。

この圧迫されるような未来の予感は恐怖となって狗朗の身を震わせた。

（急げ！　急げ！　急げ！）

夜刀神狗朗は夜を疾駆する一匹の狼《おおかみ》のように、わずかな月明かりを頼りに木々の間をくぐり抜け、岩を飛び、斜面を駆け上がっていった。

（待っていろ、平太！）


もっと後になり、なぜそこまで焦っていたのか、そしてなぜそこまで確信があったのか、狗朗は自分でも訝《いぶか》しく思った。

そんなことを話すと一言はこう解説してくれた。

〝恐らく君はあの時、自分の能力に目覚めかけていたんだろうね。そしてその最中で私の力、未来を予知する力と一時的に同調していたんだと思う〟

つまり狗朗は《王》と共にあったのだ。木の根を蹴り、尾根を辿り、彼はそしてとうとうか細い声を聞いた。

はっとして叫ぶ。

「平太！　いるのか、平太？」

しばらくして、

「ク、クロちゃん？」

世にも不安げな呼び声を耳にした。

ばっと走っていって崖から腹ばいになり下を見た。気が遠くなった。ボロボロになった平太がそこにいた。崖の中腹から生えている細い木の枝に、辛うじて身体が引っかかっている。それは平太の小さな身体を支えるのすらおぼつかないほど貧弱な植物だった。

絶え間なく土砂がぱらぱらとこぼれ落ちていて、ゆっくりとだが、確実にその根が剥《は》がれかけているのが分かった。

「ク、クロちゃん！」

狗朗を認めて平太が今にも泣き出しそうな声を上げた。

すがるように手を伸ばそうとする。

狗朗は鋭く制止した。

「動くな、平太！　そこに摑まってろ！」

平太は、うう、と呻いてまたぎゅっと身体を丸めた。狗朗はさっと状況を確認した。ここから平太まで約三メートル。平太から崖下まで約二十メートル。

落ちたら間違いなく即死だろう。

(落ち着け!)

狗朗は自分に言い聞かせる。

(落ち着くんだ、夜刀神狗朗)

一言様ならどうするか。

尊敬する大人ならこんな時どうするか。自然と声が出てきた。

「大丈夫だ、平太」

わずかに震えを帯びていたが、

「安心しろ、平太。俺が必ず助けてやる。だから、もうちょっと辛抱《しんぼう》していろ」

平太は涙を流しながらうん、うんと頷いていた。

(なにかロープをとってきて……いや、それではもう間に合わない。もう一秒だって無駄には出来ない)

みしりっと不吉な音を立てて平太を乗せている枝が大きくしなった。血の気が引くような光景だった。

平太はそれに気がついているのかいないのか、

「クロちゃん。僕さあ、兄ちゃんたちとはぐれてさあ、気がついたら誰もいなくなっていて。ずっと心細くて歩き回っていたら崖から落っこちちゃって」

ぼそぼそと呟くように経緯を説明している。狗朗は懸命《けんめい》に身体を伸ばしてみた。だが、到底、届かなかった。

（まずい）

額に汗が浮かんだ。

（このままだと平太は）

ぎりぎりと身体の筋が断裂するくらいの力を込めて腕を垂れ下げてみた。

その時。

ぴしっと破裂音が轟《とどろ》き、木の枝に亀裂《きれつ》が走った。その刹那《せつな》、平太がこちらを見上げて涙を一杯浮かべた笑顔でこう言った。

「クロちゃん」

僕、死にたくないよ、と。

迷いはなかった。狗朗は宙に向かって飛んでいた。平太の身体が自由落下を開始する寸前に彼の身体に飛びつくことに成功する。平太が目をつむって全力で抱きついてきた。狗朗はその小さな身体を思いっきり抱擁《ほうよう》し返す。

地球の引力は幼い二人を圧倒的に無慈悲な勢いで引き寄せる。

肝が冷えるような喪失感と共に地面がみるみる近づいてくる。十五メートル、十四メートル。

走馬灯《そうまとう》のようによぎる。

一言と出会った時のこと。

ここの村での暮らし。

十メートル、九メートル。

泣いている平太を見下ろす。ふいに。

怒りが込み上げてきた。

(ぜったい)

彼は咆哮《ほうこう》を上げた。それは理不尽な運命に対する反逆の叫びだった。

(ぜったいこんなことで平太を死なせるもんか!)

繋がりを、〝絆〟をここで断ってたまるか!

一言から自分。

自分から平太。

平太からきっと未来の誰か。

その繋がりを。

みすみすこんなところで。

「断ってたまるか！」

狗朗は崖の上を睨み据える。五メートル、四メートル。もう彼らの死は目前に迫っている。狗朗は身をよじり、手を伸ばした。

自分の中に圧倒的な力が膨れあがってくるのが分かった。彼はその時、自覚していた。

自らの本質について。

自らの世界に対する答えを知った。

(繋げてやる！)

どんなに遠い距離も。

どんなに断絶した空間がそこにあろうとも。

命を。

想いを。

大事な人を護るために。

大事な人の想いを護るために。

全てをねじ曲げて――。

(何度でも、何度だって、繋いでいってやる！)

最初に自分の存在をこの世界に繋いでくれた人物の名を狗朗は呼んだ。

「一言さまああああああああああああ！」

光が爆発するように伸びていく。

狗朗の指先から放たれた光線は、崖下に激突する直前の狗朗たちの身体と崖の上にふいに現れた人物との空間を圧縮し、繋げる。

「間に合った！」

汗まみれになった三輪一言が呼応するように狗朗の名を叫んでいた。

「よくやった！　クロ！」

狗朗の不可視の手と一言の手ががっちりと重なった――。


そして数秒の後。

狗朗と平太は一言に抱きとめられ、崖の上で寝っ転がっていた。平太は一向《いっこう》に泣くのをやめなかった。

九死に一生を得たのだ。

無理もない。

一言は荒い息を立てながら狗朗と平太の頭を何度も何度も撫でていた。

「よく頑張った。よく頑張ったよ、二人とも。えらい。本当にえらかったよ！」

狗朗は幼児のように一言に抱っこされているのがふと気恥ずかしくなって身体を起こしながら尋ねた。

「あの、一言様」

気になって仕方がなかった。

「どうしていらっしゃったんですか？　お仕事に行かれたんじゃなかったんですか？」

「うん？　いや、七釜戸《ななかまど》の大覚《だいかく》さんのところに行くには行ったんだけど、突然、このことを予知してしまってね。もう矢も楯《たて》もたまらず文字通り」

その時、崖下からぶわっと風が吹き上がって彼らの目の前を巨大な軍用ヘリコプターが夜空に向かって上昇していった。

そのサーチライトが撫でるように狗朗たちを照らしていく。

一言はにやっと笑ってそれを見送りながら、

「――飛んで帰ってきたよ？」

悪戯っぽく片目をつむってそう言った。

狗朗は感嘆した。

やっぱり、一言様は半端《はんぱ》ではない。

改めて師匠を尊敬し直した狗朗だった。

平太は帰ってから散々に叱られたが、それ以上に涙ながらに両親から抱きしめられた。

集落の人間も皆、平太が無事だったことを心の底から喜んだ。

結局、平太を助けたのは三輪一言だった、ということで落ち着いた。

まだ小学生の狗朗が夜の山の中に一人で入った、ということが分かると色々と面倒だったからだ。

だから、狗朗の活躍は大福三兄弟の長兄、次兄にすら知らされなかった。平太もこのことだけは堅く口をつぐんで胸の奥にしまった。

だが、それ以来、平太は今まで以上に、狗朗に懐くようになった。その敬意の籠《こ》もった視線は、狗朗が一言を見る眼差しに近いものがあった。

ただ一人だけ、狗朗の関与を薄々、察している人物がいた。

渡辺のお婆さんだった。

「狗朗ちゃん」

彼女はしばらくの間、狗朗がいなくなっていたことに気がついていたのだ。

「ねえ、言いたくなかったらいいんだけど、もしかして狗朗ちゃんは平太ちゃんを助ける時にとても大事な仕事をしたのかい？」

狗朗は曖昧に笑って肯定も否定もしなかった。老婦人もそれ以上は追及しなかった。ただこう尋ねた。

「そうかい。なら、まあ、狗朗ちゃんがとても良いことをしたとお婆ちゃんは思っておくよ。ご褒美《ほうび》に私がなにかしてあげられることはないかい？」

その問いに狗朗は首を捻ってから、

「なら、もし良かったら俺に料理を教えて頂けませんか?」

まずは——。

狗朗は微笑みと共に言った。

「美味しい出汁巻き卵の作り方を」

間奏　就寝中

一通り思い出を語り終え、

「というわけで一言様は俺なぞ比較にならないくらい様々な分野に精通されていたのだ」

狗朗が得意そうに腕を組んだ。

「……」

しかし、社《やしろ》から反応は返ってこない。狗朗は眉を八の字にし、訝しげに背後を振り返った。案の定、社は、

「すう」

寝ていた。心地よさそうな、無防備な顔で。

狗朗は軽く溜息をつく。

(やはり相当に疲労が溜まっていたみたいだな)

ごく自然な動作で立ち上がり、彼にブランケットをかけてやった。昔、年長者として大福三兄弟の面倒を見てやっていた頃の優しい面影がそこにはあった。

(不思議なヤツだ)

狗朗は思う。

(なにを考えているのか得体《えたい》の知れないところと子供のように無警戒な部分が奇妙に同居している。一体どちらがこいつの本質なのだろうか?)

あるいは、と狗朗は心の中で結論づける。

(その二面性こそが、こいつのなによりの特徴なのかもしれない)

出会ったばかりの狗朗を誑《たぶら》かした嘘つきのくせにスタジアムには危険を冒してまでわざわざ彼を救いに戻ってきてくれた。

へらへらとなにも考えていないような言動の端々《はしばし》に年齢には不釣り合いなくらいの落ち着きと世故《せこ》に長《た》けた知恵を感じさせる。

「善であり、悪でもあるように見える」

社を見下ろす狗朗の目が細くなった。

「俺にはまだ、おまえがよく分からん」

あのスタジアムでは自暴自棄《じぼうじき》になった社に対して〝見極めていない〟と語った。あれは確かに狗朗の本音だった。

だが、決して〝善なる伊佐那社《いさな》〟を認めたわけではない。

ただ結論が出ていないだけなのだ。

もし、彼が本当に十束多々良《とつかたたら》殺害の犯人なのだとしたら――。

「――」

狗朗の瞳が剣呑《けんのん》な光を帯びて名刀《理《ことわり》》を捉えた。

(俺はおまえを斬らねばならない)

それが伊佐那社という男を庇《かば》い、共に行動している自分の使命なのだ。

(俺も――そしておまえも恐らく迷っているのだろう。俺は自分のあり方について。おまえは自分が何者かについて。ままならぬな。俺たちは互いに互いの迷いを共有することがどうしても出来ない。同じ現実と向き合っているというのにな)

狗朗がふっと息をついたその時、

「――クロスケ」

堅く強張《こわば》った声が背後から聞こえてきた。振り返ると素っ裸にタオルを一枚巻いただけのネコが立っていた。

じいっと疑わしげに狗朗を見つめている。

「今、なにか変なこと考えていた?」

彼女の視線もまた《理》に向けられた。どうやら不穏な気配を感じ取って浴室から出てきたらしい。

狗朗は率直に答えた。

「伊佐那社を斬るべき頃合いを考えていた」

な、とにゃ、の中間くらいの発音でネコが声を上げた。

彼女の目が丸く見開かれる。次の瞬間、ネコは信じられない跳躍を見せた。ほとんど予備動作なく床から跳び上がると、テレビラックを蹴って方向転換し、さらに寝台の上でくるっと一回転して社を護るように彼の上にさっと覆《おお》い被《かぶ》さったのだ。

それは狗朗が思わず感嘆したほど見事な軽業《かるわざ》だった。

「クロスケェ」

ネコは低く脅《おど》かすような声で告げてきた。

「もし、ワガハイのシロになにかしたらワガハイはおまえを」

ぎゅっと社の首をかき抱いたので、寝ている社がじたばたもがいている。だが、ネコはその様子に気がついていないようだった。

少し涙目で狗朗を睨みつけながらさらに社を強く抱きしめた。

「シロは！　シロはワガハイのなの！」

「……」

しばらく間をおいてから、狗朗は鼻を鳴らした。

「安心しろ。俺は寝ている人間を黙って斬るようなそんな卑劣《ひれつ》な真似はせん。斬るなら、きちんと是と非を申し伝えてから叩き斬る！」

「あ、安心は出来ない！　あと、前から思っていたけどクロスケはなんか色々ずれてる！　ひじょーにひじょーしき！」

「おまえには言われたくない！」

狗朗は思わず言い返してからはっとしたような顔になり、咳払いを一つした。

「ん、ん。それに」

極力、冷静さを保って話そうとした。

「俺はまだこいつを〝見極めて〟いない。故に斬ることはない。今はまだ、な。そして出来れば斬りたくないものだ、くらいには思っている。それくらいにはこいつを信じたいと願う気持ちがある」

その口調には彼の真摯な心情が感じられた。ネコは黙り込む。それでも狗朗を見つめる目には警戒心が色濃く残っていた。

「——ワガハイはまだおまえを完全に信用していない」

ふいっと横を向く。

「ワガハイはシロだけ。シロさえいればそれでいいの！」

愛《いと》おしそうに彼の胸元に頬をこすりつけた。

狗朗は既に察していた。

ネコには、この本名すら不明の少女にはその底抜けに陽気で明るい表面上の性格とは別

に一筋縄《ひとすじなわ》ではいかない負の部分がある気がした。

でなければ出会ってからそんなに間もないはずの社に、ここまで強烈な愛着を持つことはないはずだ。

彼女は文字通り全能力を使って彼との居心地の良い空間《理想的な現実》を作ろうとしていた。

そしてそれは実際、成功しかけた。

一つの人工島が丸ごと彼女の認識操作能力の支配下にあったのだ。

恐ろしい力、と言えよう。

(癪《しゃく》な話だが、あのスタジアムで《青の王》は俺よりもこの娘を警戒していた。そして実際、俺たちの窮地《きゅうち》を救ったのはこの娘だった。たとえシロの計略があったにせよ、この娘の作った《ダモクレスの剣《つるぎ》》の幻はあの《青の王》すら欺《あざむ》いたのだ)

狗朗の能力とネコの能力はあまりにも質が違いすぎるので一概に比べることは出来ないが、自分よりも力の総量では上回っている気がする。

狗朗はふいにストレインは、《王》の〝なりそこない〟なのかもしれない、という三輪一言の話を思い出した。

(もっとも俺はこの娘が本当にストレインなのかどうかも知らないのだけどな)

狗朗は苦笑した。

「シロー、シロー♪」

ネコはまるで本物の猫のようにシロにじゃれかかっていた。社はすやすやと寝ている。それでもネコは構わないようだった。

ふと狗朗は疑問に思った。

(そういえばシロはこいつが突然、猫から人の姿になった、と言っていた。なら、そもそもなぜ、こいつは猫の姿でシロと生活していたのだろう?)

考えてみたら不思議な話だった。

学園島で共同生活するにしても他にもっと適切な方法があるはずだった。同じクラスメートになっても良いし、それこそ恋人や妹という設定にしても良い。その方がより自然だし、彼女の心情にも添う気がした。

(なぜ、猫に?)

狗朗はベッドの上に膝《ひざ》を突き、ネコに語りかけた。

「なあ、おまえは」

——なぜ、ネコになったんだ?

その問いにネコがゆっくりと顔を上げ、瞳を光らせた。

第二章

ワガハイはネコである！

彼女が最初に見たのは真っ白に染まっていく広くて高い空だった。

ふつりと巨大な剣が天から落下した時、世界から音と色が消えて、彼女は宙を舞った。格別、辛《つら》くも、哀《かな》しくもなかった。ただ意識が遠のいていく際、自分の周りを包むキラキラとした白い光をキレイだなあ、と思って眺めていた。

どうやって生き延びたのか定かではない。

誰かに助けて貰ったような気もするし、またそうでない気もする。まだほとんど物心がついていなかった彼女は起き上がってみて初めて大声を上げて泣いた。周囲の地形が変わっていることに気がついたのだ。

この世のものとも思えない荒涼とした光景に倒壊したビルが幾つも折り重なって並んでいた。一緒にいたはずの父も母も見当たらない。彼女はおぼつかない足取りで瓦礫《がれき》の上を歩き出した。

父を呼び、母を呼んだ。

思えば彼女はこの歩みの中で自らの力に目覚めたのかもしれない。

遠く。

どこか信じられぬほど遠いところから呼びかけられた気がした。

近く。

心臓の鼓動のすぐ横でなにかが語りかけてきた。

彼女はその異能の力を使い、再び彼女を護り、慈《いつく》しんでくれる者たちを見つけ出した。

それは無自覚に全く作為《さくい》なく完了した。

力は。

悲嘆の種を、これから確実に訪れるであろう未来に植えつける。


大地に剣が突き立ったその日の出来事を――。

〝迦具都《かぐつ》事件〟と公式文書は記録している。


パパが帰宅したその瞬間、家はオアシスのど真ん中にある大邸宅に変化した。スーツにネクタイというきっちりとしたサラリーマンスタイルだったパパは、ターバンにゆったりとしたシルクの服になって、玄関から上がり込んだ。

「モルジアナ」

パパはママを呼んだ。

「今、帰ったよ！」

「あら、おかえりなさい」

廊下の奥から出てきたママもまた異国情緒《じょうちょ》たっぷりの踊り子風衣裳《いしょう》を身に纏《まと》っていた。お腹の辺りが露出したかなり大胆なデザインである。

「今度の航海はどうでした？」

ママが屈託なくそう尋ねる。

「うん。ロック鳥《ちょう》にさらわれたり、海の怪物に飲み込まれたりと散々な目にあったけど、とにかく無事に戻れたよ。はい、これは秘密の鉱山で手に入れた宝物」

そう言って差し出された包みには大粒のダイヤモンドやサファイアなどの宝石が満ち溢れていた。

「まあ」

ママは嬉しそうにそれを受け取った。

「いつもありがとう。お疲れ様」

自然な動作でつま先立ちになるとパパの頬にキスをする。結婚七年目でもまだ新婚気分が抜けていないのだ。

パパは嬉しそうに少し笑った。

彼は広々とした居間に辿り着く。

巨木のような大理石の柱が幾つも立ち並び、室内だというのに魚が泳ぐ池や七色に輝く噴水があった。金や銀で彩《いろど》られた調度品の数々。一段高いところには毛皮が敷かれていて、そこに一人の少女が俯《うつぶ》せの姿勢で寝っ転がっていた。

小さな素足をぱたぱたと動かして本に熱中している。

パパの相好《そうごう》が崩《くず》れた。

「××は随分と読書家だね」

「あなたが買って上げた『世界コドモ名作全集』が本当に気に入ったみたい」

ママも目を細めた。

聡明な少女は、二人にとって自慢の種だった。幼稚園に入園する際の知能テストでは、専門家がわざわざ再検査しにやってきたほどだ。

単に頭が良い、というだけではない。

××は子供らしい明るさと気持ちの優しさも持ち合わせていた。

パパとママ。

そして××。一つの完結した世界がそこにはあった。その時、ぐるるる、という動物の低い唸《うな》り声が聞こえてきた。

大理石の柱の向こう、どこまでも広がる庭園の方からだ。

「あら、シャフシャールがやってきたみたい」

「そうか。生肉を用意しないとな」

若夫婦が目を向けた先には立派なたてがみのライオンがいて、なにかを催促するように前足で地面を引《ひ》っ掻《か》いていた。

「あ、パパ！」

その時、××が顔を上げた。その瞬間、全てが元に戻る。大邸宅はごく普通の借家に変化し、パパはスーツに、ママはワンピースに、ライオンは近所のノラ猫に姿を変えた。××は満面の笑みでパパに飛びついた。

「お帰りなさい！」

××が放り出した本のタイトルは『シンドバッドの冒険』だった——。


××が自分の能力を自覚したのはごく最近のことだった。自分は幼稚園の他の子とは違う。普通の子は頭の中で思い描いた空想の世界を他の人に共感させることなど出来ない。そのことに気がついた時は本当にびっくりした。

両親が買ってくれた本を何冊か読んでじきにそれが特殊な力なのだと理解した。一番、近い概念はやはり〝魔法使い〟だった。

子供向けのファンタジー小説に出てくる白い髭《ひげ》の生えた老人。

彼らは稲光《いなびかり》で敵を打ち倒したり、空中に火の玉を紡《つむ》いだりしていた。だが、なにより特徴的だったのが、ありもしない怪物を見せたり、断崖絶壁《だんがいぜっぺき》に壮大な宮殿を描いてみせる、いわゆる〝幻術〟だった。××はこう考えた。

わたしも魔法使いの一人なんだ、と。

××が買い点が二つあった。

まず、自分が〝魔法使い〟であることを周囲からきちんと隠したのだ。それに関してはやはり読んだり見たりしたお話が行動の基準になった。

物語の中で〝魔法使い〟と呼ばれる存在は人々から尊敬されると同時にその能力を怖れられ、荒野や森の中で一人寂しく暮らしていることが多かった。

「わたしはそうはなりたくないな」

××は素直にそう思ったのだ。また魔女見習いの女の子たち四人組が本物の魔女になるため頑張るアニメがその頃、放送されていて、××も夢中になって視聴していたが、その子たちもまた自分たちの正体を周りの人間には秘密にしていた。

魔法を扱う者は基本的にはその事実を誰にも知らせない、というのがルールなのだと、××は本やアニメで習い覚えたのだ。

ところで××は自分のことを〝魔法使い〟だとは思っても、〝魔女〟だとは一度もみなさなかった。なぜなら、

「わたしは変身しないから！」

それが彼女の判断の決め手だった。アニメの中での魔女見習いたちはお洒落な大人になったり、かっこいい衣裳で敵と戦ったりしていた。

自分はあくまで幻を編《あ》むだけである。〝魔女っ子〟ではないのだ、と××は多少、残念な気持ちでそう結論づけた。

もう一つ××が慎重だった部分がある。それは彼女が自分の能力を正確に把握しようとした点だった。一体、どういう特性があるのか。

効果範囲はどこからどこまでか。

誰に対して使用することが出来るのか。

言葉にすればそんな内容のことを××は子供なりに調べ始めた。まず両親。それから幼稚園の先生。友達。近所の人。郵便や荷物を配達しに来る人。最終的にはなんの関係もない赤の他人やテレビの向こう側で喋っているアナウンサーにまで自分の力を試してみた。

その結果、大体、次のことが分かった。

まず彼女の能力は最大で町一つを丸ごとすっぽり幻覚に包みこむことが可能だった。

全く快晴なのに大雪が降っているイメージを町中の人に感応させてみたのである。結果、道を歩く人誰もが長靴《ながぐつ》を履《は》き、傘を持ち、さも雪に難儀《なんぎ》しているように振る舞い始めた。中にはなんの障害もないのに滑って転ぶ人間も現れたので××は慌《あわ》ててその幻をかき消した。

この時はさすがに自分でも驚いた。

自分の持っている力がこんなにも強いものだとは正直、思っていなかったのだ。

またこの実験でもう一つ気がついたことがあった。彼女が〝幻術〟を停止すると、それを見せられていた人はその事実を綺麗さっぱり忘れ去るのだ。しかもただ忘却するだけではなく、その状況に合わせた整合性のあるお話《ストーリー》を勝手に自分の脳内に上書きする。

このケースだと傘を差していた人は皆、

〝雪が降りそうだったから用心のために傘を持った。天気予報でそう言っていた。あるいは身近な人がそう言っていた〟

そのような本来とは異なった記憶でスムーズに次の日常生活に移行していく。

だから、××が時々、パパやママを『シンドバッドの冒険』や『海底二万里』などの物語の世界に誘っても、それを解けばまたすぐに普段通りの暮らしが戻ってきた。今では本を読んでいると無意識にその世界観に周囲の人を巻き込んでしまうようになった。

また彼女の〝魔法〟は××が気を緩ませたり、別のことに思考が行くと解除されやすいことも段々と分かってきた。

自分が周囲の人間から大人の女性に見えるよう力を使ってみたが、一晩経ったらその効果が自然と切れてしまっていた。

対して身長が二センチ伸びた、という他愛《たあい》もない錯覚なら二ヵ月間も続いた。

彼女にとっての現実と見せたい幻術の条件《シチュエーション》が離れれば離れるほど、難易度が高くなるのだと把握出来たのも大きな収穫だった。

さらに彼女は自分の能力が直接知覚出来ない相手や機械などには効かないことも理解していった。

××の家によく遊びに来るノラ猫、玉五郎《たまごろう》相手にもまた幻が全く通じなかった。彼女は幾度か玉五郎に感応を試してみたが、そのよく太った黒猫はただ悠々《ゆうゆう》とママが用意したエサを食べ終え、ちらりと××を見据えて、去っていくのみだった。

その日も幼稚園から帰ると、玉五郎が縁側に寝そべっているのを見つけたので早速、近づいてみた。

「おはよう、玉五郎」

玉五郎は頭だけを持ち上げるようにして毛繕《けづくろ》いをしていた。××をめんどくさそうに一度、見てから、

「――」

また熱心に毛を整える作業に戻った。身体つきや毛並みからしてある程度、年齢はいっているのだろう。パパやママの話では××が生まれるずっと前からこの辺りを徘徊《はいかい》しているのだそうだ。図々《ずうずう》しく人の家に上がり込んではエサを要求し、気が向くと何日か逗留《とうりゅう》す

る。勝手気ままに過ごしても、そう嫌われもせず、ご近所ではそれなりに人気があった。

玉五郎、という名前はお隣のお爺《じい》さんがつけたのだそうだ。

どうせ自由気ままに生きているノラ猫である。本当の名前などあるはずもない。四軒先のピアノの先生のお宅では〝クロウ〟、商店街の精肉店のご主人が〝ふとちゃん〟と呼んでいるのを××は聞いたことがあった。

「……」

××は玉五郎を見つめながら、意識を凝《こ》らした。

頭の中に思い浮かんできた色は灰色。その奥に幾つかの線。ごちゃっとしているようで実はそんなに複雑ではない。

感じ取れた感覚は〝満足〟。

そして〝リラックス〟。

(玉五郎、今日は機嫌が良いな)

××は少し笑った。彼女は生き物ならばある程度の感情を読み取ることが出来た。これは××が持っている力の副産物と言えた。

認識操作能力を発動させる際、彼女はほとんど反射的かつ瞬間的に相手の心情を走査《そうさ》する。そしてそれを彼女のイメージだと懐柔し、自分の想像した色合いに染め上げるような行為を行う。

それが刹那の速さで実行されると幻惑は完成するのだ。

町内を丸ごと幻で覆うような時も基本的な手順は全く一緒だった。数百人にも及ぶ人々の心をかなり漠然とだが一括《いっかつ》して感知し、共有したい情報で塗り替えていく。テレビのアナウンサー相手に失敗したのは、画面越しではそのアナウンサーの内面を掌握することが出来なかったからだ。言い換えると彼女の幻惑の効果範囲は対象の心理を感じ取れる距離に等しい。

もっとも××も、そこまで理論化して自分の能力を把握しているわけではなかった。あくまで〝心が分かると術を使いやすい〟という程度の把握の仕方である。

今は、

(よし。もう一度、やってみよう!)

再び玉五郎を相手に認識操作能力を行使している。じっと玉五郎の目を見るようにして、彼が〝自分は人間である〟と信じ込むように誘導している。

「——」

玉五郎は黄色いビー玉みたいな瞳で××を見返した。それから、

「くわあ」

大きく欠伸《あくび》をして、伸びをした。ころんとひっくり返る。白い毛が入り交じったお腹が丸見えになった。

どう見ても自分のことを人間だと思っている風ではない。

××はがっくりと肩を落とした。やはり玉五郎相手には幻惑は通じないようだった。それは猫という種族全般に関してそうなのか、それとも玉五郎だけが特別なのかは分からなかったが、ここまでくると悔しさよりもむしろ感心が先に立った。

立派な大人であるパパやママや幼稚園の先生ですら、××の幻惑の力には屈するのに、一介の黒猫が簡単にその干渉をはねのけているのである。

〝この子、凄いな〟

××は半ば尊敬の念でそう思っていた。玉五郎のお腹をそっと撫でてみる。これからは人間以外の動物にも色々と力を試してみようと考えていたその時、

「玉五郎！」

しわがれた声が聞こえた。××はびくっと顔を上げた。

「玉五郎！」

それは意外なほどに近くから聞こえた。××の家と隣の家を仕切る人の胸ほどの生け垣。そこからぬっとねずみ色の和服に麦わら帽子を被った老人が姿を現した。

「玉五郎！」

××は身をすくませたが、玉五郎の方はむしろ喜びでもってその声の主を迎えていた。

「にゃあ」

そう鳴いて立ち上がると、とんと庭に降り立ち、生け垣をくぐって向こうの家の敷地に行ってしまった。

「おお、玉五郎。よしよし」

老人が緩慢《かんまん》な動きで下を見ている。どうやら玉五郎は生け垣の向こうで老人の足にまとわりついているようだ。

放浪癖のある黒猫を玉五郎と名付けた隣の家のお爺さんである。××がぺこっと頭を下げると、

「元気かい?」

にかっと大きく口を開けて笑った。目が片方、白濁《はくだく》している。歯はもう上に二本、下に三本しか残っていなかった。

××は、

「——はい、元気です」

一応、行儀《ぎょうぎ》良くそう答えて、すぐに立ち上がり、部屋の奥へと引っ込んだ。××にとっては隣のお爺さんはやや怖い存在だった。

ここ一年ほどですっかり惚《ぼ》けてしまっているのだ。ママの話では同居している実の息子さんの顔が分からなくなったり、夜中にふらふらと辺りを徘徊するようになったらしい。ちらりと背後を振り返ると老人はまだにこにことこちらを見ていた。

ほとんど無意識に××は老人の頭の中を読んでみた。

そこには体系だった思考や感情はなにもなく、ただただ暗い混沌《こんとん》だけがあった。ぞっとして逃げ出すようにそこから離れる。

「×××」

老人がなにか言っていたがもう聞き取れなかった。あのお爺さんの気持ちはわたしには理解出来ない。

ならば、あの人にはきっとわたしの〝魔法〟は効かないのだろうな、とそう思っていた。


夕食時にパパとママの間で隣のお爺さんのことが話題に上った。知らない家の玄関を叩《たた》いたり、真夜中に突然、大きな声で歌い出したりと色々、問題を起こすようになって近所でも苦情が出ているのだそうだ。

「うちでも出来るだけのことはしてあげたいわね。××のことも随分と可愛《かわい》がってくれた方だし」

人の良いママはそう言った。パパはちょっと苦笑して、

「まあ、でも、あくまでお隣の問題だからな。それにそういったことは専門家に相談するのが一番なんだ」

そう答えた。××は子供用の椅子に座って、大人たちの会話を聞くとはなしに聞いてい

た。頭の中では、

（ジージもああならないといいな）

というようなことを考えていた。××のママの父親、つまり母方の祖父は既に亡くなっていたが、父方の祖父は未だ健在だった。

この家から二百メートルほど離れた近所に住んでいて時々、遊びに来ては××のこともよく可愛がってくれる。

今、××がご飯を食べているお茶碗《ちゃわん》は、××が生まれた時にその祖父がプレゼントしてくれたモノだ。白地に龍の絵が描かれている。賢い××にもまだ、老いるということは観念的によく理解しにくいことだった。

（ジージはああ、なりませんように）

子供らしい残酷な無垢《むく》さで××は自分の祖父と隣家の老人を峻《しゅん》別《べつ》していた。

ご飯を食べ終わると××は歯を磨《みが》き、お風呂に入って、寝る支度《したく》をした。その後はお布団の中で本を読み始める。

睡眠前のお供として選んだのは、パパからのプレゼントである『世界コドモ名作全集』の中の一冊、『日本昔話』だった。

だが、この選択は大きな誤りだとやがて判明した。

その中に怖い話が幾つか収録されていたのだ。お寺の小僧が鬼婆《おにばば》に捕まって命からがら逃げる話。雪女が男を氷漬けにする話。古戦場の亡霊に取り憑《つ》かれて耳を削《そ》がれる法師の話。

ダメだった。

子供向けに意訳はされていたが、その恐怖の精髄《せいずい》はこれっぽっちも失われていない上に、臨場《りんじょう》感《かん》を盛り上げようという意図なのか、おどろおどろし絵がふんだんに挿入されているのだ。枯れ木のような手を差しのばして小僧を捕まえようとする鬼婆。にたりと笑って氷の息吹《いぶき》を吹きかける雪女。身体中に経文《きょうもん》を書かれた男の周りを練り歩く武者《むしゃ》の霊たち。そんな絵が要所要所に差《さ》し挟《はさ》まれている。本を編集した人間の本気具合が窺えた。××は完全に怖《お》じ気《け》づいてその本を横に放り出した。

頭からタオルケットを被って寝てしまおうとしたが、じきにままならない衝動を感じた。尿意だった。

もうじきママがお休みのキスをしにやってくる頃合いなので、それまで待とうと思ったが、もう我慢の限界は近づいていた。

××は意を決して布団から出ると階下のトイレへ小走りに向かった。

無事、用を足し、台所で洗い物をしていたママに声をかけ、××は自室に戻ろうと階段を登りかけた。

ふとパパの書斎から明かりが漏《も》れていることに気がつき、顔を覗《のぞ》かせてみる。パパが椅子に座って文庫本を読んでいるところだった。

××の読書好きは完全にパパの影響と言えた。

厚手のカットグラスでちびちびウイスキーを飲みながら、ページをめくる姿がとてもさまになっていた。この部屋はパパの蔵書で一杯だった。

「パパ」

そう声をかけると、

「××」

優しい表情でパパは振り返った。

「どうした？　眠れないのか？」

そう言ってくれるパパから沢山の愛情が感じ取れて××は顔をほころばせた。少し甘えた気持ちになって尋ねる。

「パパ、なにを読んでいるの？」

パパは自分の手元の古びた本を掲げ、

「これかい？　これはね、『吾輩《わがはい》は猫である』だよ。ずっと前に読んだんだけど定期的に読み返しているんだ」

××の第一印象は〝変わった題名の本だなあ〟だった。

「どんなお話なの？」

××の問いにパパは困った顔で、

「うーん。どう説明したらいいかな。ある学校の先生の家に住み着いた猫のお話で」

「猫のお話？」

「そう。その猫の目から見た人間の生活がおもしろおかしく描かれているんだよ」

××は目をぱちくりさせた。

「――ワガハイってなに？」

その質問にパパは笑って、

「ああ、確かに××にはまだちょっと難しいかな。一人称――つまり、〝私〟とか〝僕〟みたいな自分を意味する言葉さ」

「ふーん」

××はパパの言葉をこう解釈した。

「つまり猫は自分のことを〝ワガハイ〟って言ってるの？」

××の頭の中では玉五郎の姿が思い浮かんでいる。

あの猫も〝ワガハイ〟と自分のことを呼んでいるのだろうか？

パパは苦笑した。

「そういうことではないんだけどね。猫の視点から人間社会の滑稽《こっけい》さ、奇妙さを描写することが目的なんだよ。そういうジャンルの小説を風刺小説、と呼ぶんだ。だから、あえて偉そうに猫に自分のことを吾輩なんて呼ばせているんだろうね」

××にはやはりまだよく分からなかった。目をぱちくりさせているとパパが優しく××の頭を撫でてくれた。

「……××ももう少し大きくなったらきっと理解出来るようになるよ。そうしたら、これを貸してあげようね」

「ほんと？」

××は目を輝かせた。きっとあの本には素晴らしく面白いことが書かれているに違いない。だって、パパが何度も読み返しているくらいだから。

頁《ページ》に目を走らせているパパの表情はとっても楽しそうだった。

「約束だよ！」

そう言うと、

「約束だ」

パパも笑って答えてくれた。二人は小指と小指を絡《から》ませた。そこへエプロンで手を拭きながらママが入ってくる。

「あらあら、二人ともなにをやっているの？」

どうやら洗い物が一段落ついたようだ。

「なに」

パパが少し悪戯っぽい表情になった。

「うちの娘と文学論を少々ね」

ママが目を細めた。腰元に手を当て、

「文学論も結構ですけどね。××はそろそろ寝る時間じゃないかしら？」

「はーい」

××がお道化けたように手を上げるとパパもママもどっと笑った。


××はママに付き添って貰って自室に戻ってきた。布団に入った××の身体をママは優しくぽんぽんとしてくれる。

「おやすみ」

慈愛に満ちた表情で××に笑いかけ、常夜灯《じょうやとう》だけ残すとママは部屋から去っていった。

××はその年齢の割に一人で寝ることが全く怖くなかった。

なぜなら少し感覚を広げれば、階下にいるパパとママの優しい感情にいつでも触れることが出来るから。

二人の愛情をいつでも感じ取ることが叶《かな》うから。

今日も二人からはありったけの慈しみを受け取れた。部屋のそこかしこに彼らの想いが満ち溢れていた。××は満足そうに部屋を見回す。棚に飾られた変身ヒーローのオモチャやサッカーボール。全て両親からプレゼントされたものだ。

（わたしはとっても大事にされている……）

××はそんなことを考えながらいつしか自然と微睡《まどろ》んでいた。

××の日常は概《おおむ》ねそんな感じで流れていった。小さいながらも美形だった××は幼稚園では人気者だったし、先生を始め他の父兄たちからも受けが良かった。

〝あれだけ可愛いと将来は本当に芸能人とかになるかも知れないわね〟

園児たちを迎えに来たお母さんたちがそんなことを囁《ささや》き合っているのを聞いて、××は顔を赤らめたものだ。基本的に××の世界は××への好意で満たされていた。誰もが××を可愛がったし、××と話をしたがったし、××と関わり合いを持ちたがった。

唯一、××をないがしろにするのは猫の玉五郎くらいだった。

だが、なにもかも満足すべきなようなそんな状況下で、ほんの時たまではあるが、平穏な生活にさざ波が立つようなことも起こった。

それは大抵、隣家の老人絡みだった。

その日も自宅の前で遊んでいると老人がふらりと現れた。

××はびくりと身をすくめた。

「あ、あ」

老人は間延びした声を上げた。彼の身体が長い影になって地面に映っていた。にたりと歯のない口が暗く開いた。

「や、やあ」

しわがれた声が夕闇を通して××の耳に溶け込むように響いてきた。××はなんとか家に逃げ込もうとしたが、ちょうど自分と玄関を結ぶ直線上に老人が立っているため、身動きすることが出来なかった。

「×××」

不明瞭な単語を老人が発した。なんと言っているのかよく聞き取れなかった。

「×××」

再び老人がなにか喋ったが、××はその意味を理解出来なかった。老人が一歩、近づいてくる。××は反射的にその分、一歩、下がった。

老人が首を傾げた。光線の加減でその横顔がふいに真っ黒になった。

「×××？　××××？」

ようやくその時、老人の語る言葉を脳が正常に処理した。老人はこう言っていた。

「君は女の子だったんだね？　ごめんね。×××——君はいつから女の子になったのかな？」

頭から冷や水を浴びせられたようにぞっとした。

(このお爺さんは！)

××は震えながら必死で自分に言い聞かせていた。

(このお爺さんは惚けているんだ！　自分の息子さんの顔も忘れちゃうくらい頭がおかしくなっているんだ！)

そうしないと崩れ落ちてしまいそうだった。心臓が早鐘《はやがね》のように鳴る。頭が割れるように痛くなった。

なにか。

とても大事ななにかが粉々に砕け散ってしまいそうで、××は思わず悲鳴を上げかけた。

老人が、

「×××」

また誰か違う子の名前を呼んだ。××の知らない、聞いたこともない男の子の名前。その姿が悪鬼のようにも、魔物のようにも見えた。

「にゃおおう」

その時、のんびりした猫の鳴き声が聞こえてきた。生気に満ちたどこかふてぶてしい甘え声。世界が再びゆっくりと彩りを取り戻す。××の視界がはっきりした。茜色《あかねいろ》の空の下に立っているのは悪鬼でも魔物でもなく弛緩《しかん》した笑みを浮かべるただの老人だった。

黒猫が一匹、ブロック塀から飛び降りてくる。

「おお、玉五郎」

老人がのろのろとした動作で猫を抱き上げた。ごろごろと喉《のど》を鳴らしている黒猫。老人はその頭をおぼつかない手つきで撫でた。××はその隙《すき》を見逃さなかった。

「もう帰ります！」

そう言い放つと老人の横をかいくぐるようにして自分の家の玄関に飛び込んだ。

「あ」

老人がなにか言いかけたが、聞く耳持たずにばたんとドアを閉めた。鍵をかけ、背中でしっかりと押さえる。

なぜか涙が溢れた。

「ちがうもん」

自分でも無意識にそう呟く。

「ちがう。ちがうもん」

哀しくて哀しくて仕方なかったが、××は自分でもその理由がよく分からなかった。だから、この込み上げてくる感情をこう解釈した。

（玉五郎のバカ！）

××は黒猫を心の中で非難した。

（あんな変なお爺ちゃんに懐かないでよ！）

それは、自分でも欺瞞《ぎまん》だと分かっていた。


イヤなことを忘れる、というのは××くらいの年頃の少女にはさして難しい行為ではなかった。日々新しい出来事が起こり続けるので、無理に頭から追い払わなくても、自然と××の頭の中から老人が語った内容は抜け落ちていった。

本を読んだり、友達と遊んだり、パパやママと話をするうちに、その時感じた恐怖や嫌《けん》悪《お》の感情も和《やわ》らいでいき、××はまた充実した毎日を過ごすようになった。

だが、完全に消え去ったわけではない。

それは棘《とげ》のように。

小さく××の記憶の一番、弱くて、繊細《せんさい》な部分に食い込んで、ほんの時たま、彼女が油断すると、ずきりと心に痛みを与えた。

その度、慌てて××は首を振って自分に言い聞かすのだ。

（あのお爺さんは――頭がおかしいのだ）

だから。

（気にしなくて良いのだ。あんな恐ろしいことは全て嘘なのだ）

隣家の老人が介護施設に入居することになった、と聞いた時、少女は自分でもびっくりするくらい露骨に安堵した。やった、良かった、とその場で小躍《こおど》りさえした。

それから多少の後ろめたさを覚えて、

(そこで幸せになってくれればいい)

祈るように手を合わせた。

(どうかお爺ちゃんそこで幸せになってください)

少女にとってまた絶対確実で平穏な日常が戻ってくる。××にとってそれは確信だった。

それはひょっとしたら、都合が良すぎるくらいの、幸せで、安全で、優しい日々。パパやママに甘えて、愛されて、愛する、美しい毎日。

ただ一つだけ気がかりなことは、隣の家の老人がいなくなるのと時を同じくして玉五郎の姿を見かけなくなったことくらいだ。

その日、ママが買い物に出かける際、言った。

「きちんと戸締まりしてね」

××は素直な良い子だったので、

「はーい」

そう返事をして、ソファの上で本を読んでいた。

鍵は確かに掛けたはずだった。

ふと何気なく背後を振り返ると、四人がけのテーブルに四人の男が座っていた。全く気配すら感じさせず、まるで魔法のように忽然《こつぜん》と彼らは現れていた。

「やあ、お邪魔しているよ」

そのうちの一人が無感動な表情でそう会釈《えしゃく》をしてくる。

××は驚くことも出来なかった。

ただショックを受けて、身体の動きを全て止めていた。


「私たちは特異能力者の管理を行っている」

その男の内の一人が言った。

「すまない。勝手に入らせて貰った。十五分、時間を貰う」

二人目の男が言った。

「我々は七釜戸《ななかまど》化学療法研究センターからやって来た」

三人目の男が言った。

「通称センターとは黄金《おうごん》のクランが管轄《かんかつ》する組織だ。主にストレインの研究を行っている」

四人目の男がそう言った。××にとって理解出来ることなどなに一つなかった。呆然《ぼうぜん》としていると男たちは互いに顔を見合わせて、

「我々の目的をもっと平易な言葉で」

「しかし、この子の知的能力は」

「そういう問題ではなく、子供の感性に応じた」

「やはり保育士の資格のある者を連れてくるべきだった」

そんなことを早口に話し合った。似たようなスーツ姿といい、抑揚《よくよう》を欠いた喋り方といい、ひどく無個性で人間味のない男たちだった。陰鬱《いんうつ》な表情を浮かべ、××を全く無視した形で会話を続けている。

不思議と××にとって男たちは恐怖の対象ではなかった。

だが、男たちがこれから話すであろう内容に××は静かに恐《おそ》れ戦《おのの》き始めていた。

予感は。

男たちの話など寸毫《すんごう》も分からなかったが既にあったのだ。

「幼稚園で君が受けたテストがあっただろう？　色々な図形を書いたり、絵の中の仲間はずれを探したりするテストさ」

一番目の男が乾いた口調で聞いてきた。××の返事を待たずに次の男が補足した。

「アレはね、難しい言葉で言うと感応《かんのう》変異《へんい》偏差《へんさ》テストと言ってね、通常の知能テストの他に特異能力者を判別するための側面もあったんだ。我々は広範な教育機関であのテストを実施し、保護や回収するべき特異能力者を探している」

「お嬢ちゃん」

三番目の男が××の目を覗き込んで尋ねた。

「君には不思議な力があるね？」

××の目に涙が浮かんだ。思いっきり唇を噛みしめ、首をぶんぶんと横に振る。男たちが溜息をついた。

四番目の男が無慈悲に告げた。

「我々はね、君に二週間の鑑査期間を設けて外部から慎重に調査した。そして結論を出したんだ。君は間違いなく認識操作能力を持つストレインだよ。それも我々があまり見たこともないくらいの強い力を持ったね」

ストレイン。

その語感が少女の琴線《きんせん》に触れた。

「それって――〝魔法使い〟のこと？」

しゃくり上げながらそう尋ねてくる幼い少女に対して男たちは一度、口をつぐんだ。それから一斉《いっせい》に、

「そうだ」

「そのようなものだ」

「いや、違う」

「厳密に言うと異なる」

口々に喋り出してまた押し黙った。××は今やはっきりと泣いていた。なにもかもが分

かりかけていた。

　自分がなんなのか。

　なにをしたのか。

「……」

　しばらくしてから最初の男が言った。

「君は非常に聡《さと》い。それは我々のテストでもはっきりと判《わか》っている。なので君が理解してくれるという前提で話す。君は大きな錯誤《さくご》を君の同居人たちにかけている」

　二人目の男が、

「君に悪意はない」

　三人目の男が、

「それは我々も理解しているが」

　四人目の男が、

「君は、君が両親だと思い込んでいる人物二人に対して常に知覚干渉をし続けているのだ」

　君はあの二人の本当の子供ではない。

　四人のうちの誰かがそう言った。××の心臓が冷たい手でぎゅっと鷲掴《わしづか》みされたように大きく脈打った。

「それは君自身をも欺《あざむ》き」

「君は己にも認識操作能力をかけ」

「我々はそれを看過《かんか》することは出来ない」

「君を出来れば穏便《おんびん》に」

男たちは手を伸ばしてきた。

「「「「どうか我々と共に来て欲しい」」」」

××が叫んだ。

「出ていけ！」

彼女の目が異様な輝きを帯びた。


五分後。

男たちは家から姿を消していた。彼らは××のことを忘れ去ったはずだった。××の能力の効果範囲から出ればまた用件を思い出すのかも知れないが、それにはしばらく時間がかかるだろう。彼らも今度は警戒してくるはずだ。

だが、そんなことはもうどうでもよかった。

××は床に突っ伏し、咽《むせ》び泣いていた。

今、全てが繋がった。

隣家の老人の言葉の意味。

自分の部屋にあるどう見ても女の子のモノではないオモチャの数々。

そして。

なんとなく忌避《きひ》するように意識を逸らし続けたリビングの一角。××は深呼吸をして自らの能力を全て解除した。

顔を上げ、そこに現れたモノを直視する。

再び爆発するような慟哭《どうこく》が××から漏れた。

そこにあったのは――。

もう長い間、手入れされていなかった半ば朽《く》ちたような仏壇だった。

この家の本当の子供の死した証《あかし》。

××は両親と思っていた人たちをずっと騙《だま》し続けていたのだ。

それが今、はっきりと分かった。

期待していた言葉は、

「あなたがたとえうちの子じゃなくても」

「カワイイ××じゃないか！」

だった。

パパとママだった二人の男性と女性は家に帰ってきた瞬間、悲鳴を上げた。××が能力を解除したことにより、まるで分厚い氷が一瞬で溶けたようになにもかも感得《かんとく》したのだ。

自分たちが大事な息子の存在を忘れていたことを。

女性は仏壇にすがりつき、泣いて我が子に詫《わ》びた。

供えてあった花は枯れ、写真立てに飾られた男の子の笑顔は長い年月の間に煤《すす》けて曇《くも》っていた。男性は拳を握りしめ、怒りと困惑の持って行き場を探しているようだった。

恐ろしくて。

恐ろしくて。

××には自分から男性と女性に声をかける勇気が生まれなかった。

自分のせいだと、自分が引き起こしたことなのだと、きちんと説明して謝りたかったが、二階から降りていくことがどうしても出来なかった。

××は押し入れの中で膝《ひざ》を抱えて震えていた。

それでもはっきりと女性の悲嘆と男性の恐怖の入り交じった憤慨が感じ取れた。情報を全て遮断して心を塞《ふさ》ぎたかったが、××の能力はそんな甘えを許してくれなかった。さながら何年もの間、人を謀《はか》った罪を償《つぐな》わされているかのようだった。

大好きだった人たちの哀しみと苦しみを直《じか》に味わわされていた。

これが罪なのだと。

おまえの存在自体が罪なのだと。

（ごめんなさい）

××は泣きながら自分が関わった全ての人に許しを請《こ》うていた。

（ごめんなさい）

その男性と女性には元々、幼くして亡くなった一人の男の子がいた。巨大な剣が大地に落下したあの日、偶然、近くにいた夫婦は救助活動に参加していた。そしてまだ歩くことさえおぼつかない少女を庇護《ひご》した。

その子に真実の子供の思い出を乗っ取られるとも知らずに。

××は巧妙に男性と女性の子供になりすましたのだ。

（知らなかったの！　わたしも知らなかったの！　パパとママの本当の子供だと思っていたの！）

皮肉なことに恍惚《こうこつ》の域にいた老人のみが××の存在を異常なものだと感知していた。彼のみがこの家の本当の子供のことを覚えていたのである。

たまらなくなって××は立ち上がった。

「パパ、ママ」

涙を流しながら押し入れから飛び出した。どうしても彼らをそう呼びたかった。また抱きしめて欲しかった。甘やかして欲しかった。

笑いかけて欲しかった。

名前を呼んで欲しかった。××は階段を降りた。ほんの微か、夢を見た。また何事もなくパパとママに受け入れられ、幸せに暮らす夢を。

だが。

「！」

リビングに入っていった××を見た男性と女性の目は恐怖に見開かれていた。

「ひ！」

優しかったママが表情を引き攣《ひつ》らせ、××が近寄ってくることを拒絶した。××に甘かったパパが叫んだ。

「化け物！　近寄るな、化け物！」

××は動きを止めた。その言葉は何度も何度も耳の奥で反響した。立ち尽くす××の傍らを女性がまるで泳ぐような緩慢な動きで逃げていった。

「ひ、ひぃ！」

まるで少しでも触れられたらそれで命でも取られるかのように、女性は××の視界から去っていった。振り返りもしなかった。

男性が女性の後を追いかけた。

××を威嚇《いかく》するように睨みつけながら、

「来るな！　寄るな！　化け物！」

汚らわしいモノでも呼ぶような声だった。瞳には憎悪《ぞうお》の色を浮かべていた。××は呆然とそんな二人を見送っていた。

そして、二人は家から飛び出していった。

××は糸が切れたようにその場に座り込んだ。泣くことも出来なかった。悲しむことすら忘れていた。

ただこんなことを思っていた。

(ああ、そうか。わたしは自分のことを〝魔法使い〟だと思っていたけど)

ただの化け物だったのだ、と。

暗くなったリビングで××は呆《ほう》けたように座り続けていた。もう何時間、そこでそうしているのか分からなかった。

(パパやママ……あの人たちはどうしたんだろう?)

ふと××がそう思った時、庭の辺りでにゃおん、という鳴き声がした。玉五郎、だと直感した。ふいに初めて。

本当に初めて××は猫の気持ちを感じ取ることが出来た。

玉五郎はこう考えていた。

（お爺ちゃん、どこに行ったのかな？）

にゃおん。

（お爺ちゃん、どこに行ったのかな？）

にゃおん。

（オレ、ずっと探しているんだけど——お爺ちゃんいないいな）

会いたいな。

涙が溢れ始めた。

××は立ち上がった。がらっと引き戸を開けて庭に向かって声をかける。

「玉五郎。お爺ちゃんね」

涙をぐいっと拳で拭って笑った。

「もういないんだよ。もうお隣にはいないの」

予想通り庭木の傍らに玉五郎がいて、少しびっくりしたようにこちらを振り返っていた。

それから××の言うことが分かったのか定かではないが、ふいっとそっぽを向くと塀を乗り越えて去っていった。

もうあの猫は二度とこの近所には現れないかもしれない、と××は半ば確信していた。

涙を流しながら微笑んだ。

自分のやるべきことを理解し始めていた。

××は部屋にとって返すと画用紙とクレヨンを取り出し、こう記した。

『ごめんなさい』

それ以上の言葉を思いつかなかった。さらに一時的にでも自分を可愛がってくれた男性と女性に向けてこう付け加える。

『ありがとう』

『本当にありがとう』

末尾に自分の名前を残す。この家を出ようと考えていた。

(化け物は人と一緒にいてはダメだ)

一人で生き抜こうと覚悟を決めて、もっともそれにふさわしい手段を思いつき、

(そうだ。こうすればいいんだ)

今までの生涯で最高最大の力を行使する。

(わたしはネコになろう)

強く。

気高く。

優しい生き物。

(ネコになろう)

自分に幻惑をかける。一人でも生きていけるよう。

玉五郎のように強く。

一人でも生きていけるよう。

いつかわたしを本当に受け入れてくれる人が現れるその日まで。

(ネコになろう)

ネコになって一人で生きていこう。

(ネコは自分のことをなんと呼ぶんだっけ？　パパは……あの人はなんて言っていたっけ？

ああ、そうか)

そして、少女は叫んだ。

「ワガハイはネコである！」

××は——そうして、ネコになった。

間奏　喧嘩中

不自然に長い間、ネコは黙っていた。やがて彼女はいつもの明るい口調でこう答えた。

「さあ？」

首を捻って笑いながら、

「ワガハイ、昔のことを覚えているのはあまり得意ではない！　忘れちゃった！」

「……」

狗朗《くろう》はじいっと黙ってネコのことを見つめた。それから小さな吐息と共に尋ねた。

「──では、おまえはなぜ泣いているのだ？」

ネコは笑いながら涙を流していた。

それは後から後から溢れて彼女の白い肌を濡《ぬ》らした。ぽたり、ぽたりと、シーツと枕と
そして社《やしろ》の顔にかかる。ネコはきょとんとした表情の後、

「あ、あれ？　あれ？」

慌てたように顔を手の甲で拭った。その仕草は猫、というよりやはり年頃の少女のよう

に見えた。

「……ワガハイ泣いている？」

狗朗は頷いた。

「なんで？」

「……」

狗朗は黙っている。ネコは心の底から不思議そうに、

「なんで？　ワガハイはなんで泣いているの？」

「……」

狗朗は小さく答えた。

「さあ」

ぽつりと、

「俺には分からない」

痛みを経験してきた者しか分からないことがある。

（こいつは）

狗朗の目が痛ましそうに細められた。ネコの過去になにかとてつもなく辛いことがあったことを狗朗は直感的に感じ取っていた。

ただ言葉でそれ以上、ネコの、恐らく無意識に封印しているのであろう記憶を刺激する

ことは控えた。

「なんでだろう？　俺には分からないな」

ただそう静かに首を振った。

ネコはくしゃっと顔を歪めた。それから彼女は叫んだ。

「そうだ！　きっと嬉しくて泣いているの！」

彼女はぽろぽろと泣きながら言った。だって、とネコは社に頬ずりした。

「シロに出会えたんだもん！」

泣きながら笑っていた。

「シロに出会えたから、だから、嬉しくて泣いているの！」

えへへ、シロ、とネコは甘えるように社の頬に自分の頬をこすりつける。それはまるでよく慕っている父親にしがみついているようにも、ずっと会えなかった恋人に取りすがっているようにも見えた。

「ずっと。ずっと探していたシロに」

「……」

狗朗は内心で考えていた。

(ネコの言っていることは多分、本当のことなのだろうな)

きっとネコにとって伊佐那社はようやく見つけ出した希望の光なのだ。過去に存在した絶望を払拭《ふっしょく》するための、生きるための寄る辺《よるべ》なのだ。

（だから、こいつはシロとの居場所を懸命に護ろうとしたのだろうな）

不思議なものだ、と狗朗は考えていた。

ネコにしても、自分にしても伊佐那社という少年によって大きく人生のその軌道を変えている。この正体すら不明の少年に関わることによって、赤のクランに命を狙われ、青のクランから身柄を追われ、こうして連れ込み宿なんかに身を潜《ひそ》める羽目になった。

（一生こんな場所など縁はないと思っていたのだが）

狗朗は軽く頬を染めた。

そもそも今、こうして話をしているネコとだって、社、という接点がなければ、決して会話を交わすことなどなかった相手だろう。

だが、今、狗朗はネコの過去を漠然と察して、彼女に気を遣っていた。不必要に彼女を傷つけまいと相手を思いやる仲間意識にも似た気持ち。

（いや、あるいはこれは共犯者に近い感覚なんだろうな）

伊佐那社、という下手をしたらとんでもない大嘘つきの殺人者と行動を共にし、運命を同じくしなければならない相手への奇妙な連帯感。

（本当に不思議な男だ）

そんな全く共通する要素を持っていなかった狗朗とネコにある種の〝絆〟を与えた人物、

伊佐那社。

（おまえは本当に何者なのだ？　〝善〟か〝悪〟か。あるいはその両方か）

改めて狗朗はシリアスな表情になって社を見つめた。

（俺はおまえを――もっと知りたい）

しかし、その狗朗の顔が数秒も保《も》たずコミカルに歪んだ。

「う」

彼の視線の先で狗朗言うところの〝破廉恥〟な光景が展開されていた。ネコが相変わらず幸せそうな表情でシロにすりすりしているのだが、バスタオルがはだけてはなはだ妖しい状況になっていたのだ。

具体的に言うと胸が丸ごと見えていた。

「こ、こら！」

狗朗は慌ててネコを止めに入った。それは大変まずい動作に感じられた。

「それはいかん！　よろしくない！　こら！　服を着ろ！」

ネコと出会ってから生まれて初めて発して、それから今この時まで何度、言ったか分からない言葉をまた口にする
ネコは不満そうに狗朗を見上げた。それからいきなり上半身を起こす。

「クロスケ、うるさい！」

糾弾《きゅうだん》するように指先を狗朗に突きつけた。

「ぬわ！」

狗朗は大きくよろめいた。ネコがこちらを正面から見据えたことにより、彼女の生まれたままの身体がほぼ全て狗朗の視界に入ったのだ。

真っ白な肌。

形の良い胸。

滑らかな曲線を描く腰から足へのライン。

もうタオルはすっかり剝がれ落ちている。

狗朗はまるで怪光線でも浴びせられたかのように目を覆い、叫んだ。

「止めろ！　服を着ろ！　とにかく着ろ！」

「むう」

ネコも折角、シロとの幸福な時間を邪魔されて腹を立てたようだ。腰元に手を当て、早口で言った。

「クロスケのムッツリスケベ！」

「な、なにい？」

狗朗はネコを睨みつけようとして彼女の素肌をちらっと見てしまい、慌ててまた顔を腕で庇《かば》った。ネコはそんな狗朗を見て得意そうに笑った。

「シロが言ってたもん。クロスケはきっとムッツリスケベだって。だから、ワガハイの裸を見て困るんだって」

「ぐ！　お、おのれ、伊佐那社！」

久方ぶりに社への怒りをかき立てられ、狗朗は歯噛みした。一体なんていう単語をネコに教えるんだ！

ネコは腕を組み、軽蔑するように、

「クロスケみたいなムッツリスケベが困るから、服を常に着ていてくれ、ってシロと約束したんだもん。全くワガハイが迷惑する！」

「迷惑しているのはこっちだ！」

狗朗は言い返した。

「そもそも、おまえ、それがどういう意味だか分かってるのか？」

「んー」

ネコは腕組みしたまま、首を四十五度に傾けた。

「——女の子の裸が怖い人のこと？」

それからにゃ、と口を歪めて笑った。

「そーか。今までなんとなくそう思っていたけど、クロスケはワガハイの裸が怖いのか……」

ゆっくりと立ち上がった。

狗朗はその気配に怯《おび》えてたじろぐ。ネコはにゃひひひ、と口元に手をやり、

「ほーら！　クロスケ！　ワガハイの裸！」

ぴょーんとベッドから飛び降りると狗朗の前に降り立った。清々《すがすが》しいまでの態度で全裸を見せつける。

「ひ」

赤のクランの切り込み隊長である八田美咲《やたみさき》を軽々とあしらい、《青の王》宗像礼司《むなかたれいし》にすら一歩も引かずに立ち合った狗朗が、今までどんな猛者《もさ》と出会っても決して出したことのない声を上げた。

「ほーら、ほーら」

ネコが腰を振りながら迫ってくる。狗朗は逃げた。

「やめんか！　破廉恥娘！」

「待て、クロスケ！」

だっと走り出す狗朗をネコが思いっきり跳躍して追いかける。二人とも超絶的な身体能力を持っているのでさして広くもない寝室はたちまち奇っ怪な鬼ごっこでぐちゃぐちゃになった。埃《ほこり》が舞い、備品が転げ落ちる。狗朗が鏡にぶつかってびしりと罅《ひび》が走った。ネコはぎゃあぎゃあ叫び続ける。

その中で、

「うーん」

伊佐那社が眉間に皺《しわ》を寄せて、うなされていた。

彼は夢を見ていた。

第三章

和洋を越えて

その男は早春のドレスデンの街をゆっくりと歩いていた。

アルベルティン家の宮廷都市として栄え、イタリアの文化風土の影響を受け、古式ゆかしいバロック調の建物や石畳の道で街が形成されている。景観からは積み重なってきた重層な歴史が感じられ、冷たい空気には微かに鉄と馬とパンの匂《にお》いが入り混じっている。本来なら紙と木と米を精神的な母体にしてきたその男はこの街では異分子のはずだった。

だが、男は不思議なくらい上手く場の空気に溶け込んでいた。

すれ違う人たちもドイツ軍にしては変わった軍服だな、と思ってその男の顔を眺め、ようやく東洋人であることに気がつくくらいだった。

男が着ている軍服はウエストがきゅっと絞《しぼ》られ、襟《えり》が高く、生地が少し緑がかっている。さらによく磨き上げられた編み上げ靴を履き、ドイツ軍と同じ少し中央が高くなったチェッコ式の帽子を被っていた。

襟章には黄色を背景にオレンジ色のストライプが二本と星が二つ。見る者が見れば彼が日本陸軍の中尉《ちゅうい》だということはすぐに分かっただろう。

だが、この地ではそもそも日本人を見たことのある者の方が圧倒的に少数だった。平時でも国境にほど近い街だから外国人の姿は決して珍しくなかったが、ほとんどが東欧や南欧の人間で、西洋人以外だと中国人とジプシーがごく少数いるくらいである。

今は東方の様々な場所から難民が押し寄せ、見知らぬ風体の人間が街を歩き回ることに市民もだいぶ慣れてきたが、それでも日本人の風貌《ふうぼう》はこのドレスデンでは異端《いたん》に他ならなかった。

「……」

現に男の顔をじいっと立ち止まって見入っている金髪碧眼《きんぱつへきがん》の子供がいた。つぎの当てられたつなぎの服を着ている。不思議そうな顔で男の艶《つや》のある黒髪と深く澄んだ黒い瞳を見つめていた。

男は無表情に子供を見つめ返す。

特ににこりともしなかった。

やがてその母親が慌てたように戻ってきて子供の手を引っ張り、また去っていった。男への会釈などはなにもなかった。明らかに異邦の人間を警戒しているふうだった。だが、男は特に気にしている様子もなく、また悠然と前に向かって歩き出した。

そうして男は自然と街のざわめきの中へ溶け込んでいった。

男がアーリア人たちの街で過剰に目を引かないのはその立派な体軀《たいく》も理由の一つだった。

街を行き交う壮健な若者に引けを取らない、肩幅の広い逞《たくま》しい体型をしていたのである。日本では少し身をかがめて行動しないと鴨居《かもい》などに額をぶつけてしまう危険性が常にあったが、この異国の地にはごく自然に順応出来ている。

少なくともサイズの問題で困ったことはなかった。

ベルリンからここまでの夜行列車でも実に快適に過ごすことが出来たし、脂《あぶら》っこい食事やなにかというとよく口にするビールも気に入った。

だが、男が周囲から注目されない最大の理由はその独特の歩き方にあった。

すっと力みなく進んでいき、足音がほとんどしない、剣術や柔術の修練の末に会得《えとく》された全く無駄のない歩行法。

それが男の気配を最大限に殺していた。もし、仮にこの場に洋の東西を問わず武術の達人がいたとしたら、男が端倪《たんげい》すべからざる力量の持ち主だということを即座に見抜いただろう。だが、当面、そのような者は現れそうもなく、男は馴染みのない土地をただする すると当然のような顔で歩んでいくだけであった。

「……」

ふと肉の焼ける甘くて香ばしいよい匂いが漂ってくる。男は小鼻をひくつかせ、首を巡らせた。路地の片隅にソーセージやプレッツェル、ホットワインなどを売る移動式の屋台があって、どうやら食欲をそそる香りの発生源はそこのようだった。

戦時下においてもドレスデンはこれまでは爆撃の対象になっておらず、物資の不足は他の都市に比べるとまだマシな方だった。レストランやバーなども往時の賑わいはないもののそれなりに繁盛《はんじょう》している。

男は真《ま》っ直《す》ぐにそちらへ近づいていった。

白い口ひげを蓄《たくわ》えた温厚そうな老人が一人で店を切り盛りしていた。

「おや、いらっしゃい《“Hallo, bitte sehr”》」

母国語で挨拶をしかけ、老人は困惑した顔つきになった。だが、すぐに男から、

「やあ、まだ寒いね、お爺さん。ソーセージを一本貰えるかな？《“Hallo, es ist immer noch so kalt. Kann ich eine Wurst haben?”》」

ややぎこちなさはあるものの非常に聞き取りやすいドイツ語が返ってきたのでほっとした顔つきになった。

すぐに表情を綻《ほころ》ばせ、

「……もちろんだよ、軍人さん」

そう返答した。素早い手つきで焦げ目のついたソーセージを切り分け、紙の容器に載せると、そこに濃い色合いのソースをかける。

見るからにスパイシーで美味《うま》そうだ。

「ほーら、あつあつのうちに食べてくれよ」

「ありがとう」

男が差し出された商品を受け取り、財布を取り出そうとすると、

「今日はおごりでいいよ」

老人はそう言って手を振って断った。男が謹厳《きんげん》な口調で、

「いや、そういうわけには」

さらに財布の口を開けようとすると老人はにやっと笑って、

「あんた多分、日本の軍人さんだろう？」

男は目を少し見開いた。ベルリンではともかくこの街では初めて国籍を言い当てられた。

「俺はシグナル《signal》を愛読しているんだよ」

「シグナル《signal》？　あの軍事雑誌の？」

「そう。その特集であんたら日本の軍人さんも出てきたんだよ」

シグナルは党協力の下、最新兵器の写真などもふんだんに掲載されていて、日本などにも多く輸入されているドイツ発行の雑誌だった。

「同盟国のよしみだ。今日はおごらせてくれよ」

老人はそう言って片目をつむってみせた。

「はるばる海を越えてようこそ、日本の軍人さん。ドレスデンはどうだい？」

老人の言葉に男も少し笑《え》んだ。頭を下げ、

「まだ着いたばかりだが実に素晴らしい街だと思う。私はしばらくこの街に滞在する予定

だ。また必ず立ち寄らせて貰う。ご高恩に感謝する。本当にありがとう」

そのいかにも東洋人らしい仕草をおかしそうに見上げてから老人が、

「あんた、ちょっと堅苦しいけど随分と達者にドイツ語を話すな。口の利き方を知らないうちの孫たちの手本にしたいくらいだぜ？」

「ありがとう。本を読んで精一杯覚えたものだ。良かったらもっと砕けた言い回しをそのうち色々、教えてくれ。では、また」

男はそう言って受け取ったソーセージを掲げ、店を離れようとした。

その背中に向かって老人が尋ねる。

「あんた、名は？　名前はなんていうんだい？」

男は振り返ってから一拍間を空け、

「大覚《だいかく》」

ふっと微笑んだ。

「國常路《こくじょうじ》大覚。日本陸軍中尉だ」

結局、屋台の老人はなんどか口の中で呟いてみたものの國常路の名前をどうしても覚えきれなかったみたいだ。

〝日本人の名前は難しいな。俺はダイ、と呼んでいいか？〟

申し訳なさそうにそう言っていた。國常路は微かに苦笑して頷いた。

〝もちろんだ。呼びやすいようになんとでも呼んでくれ〟

なにしろ同胞の人間たちですら國常路大覚というご大層な名前を聞くとまごつくか、困惑した顔つきになる。

しかもそれが年輪を重ねた老人ならともかくまだ二十代の青臭い若者の名前なのだ。本音を言うと決して気に入っているわけではないのだが、國常路家当主の座を継いだ彼に拒否権はなかった。日本の陰陽《おんみょう》道《どう》に隠然とその名を轟《とどろ》かす國常路家の当主は代々、〝大覚〟を名乗るのが常だった。

（もっとも私もあと五十年生きれば、この名に見合うだけの面構《つらがま》えになるのかもな）

彼の前の代の〝大覚〟は確かにその名にふさわしい面相をしていた。

（慣れか）

そんなことをつらつらと考えながら國常路は川を渡り、ドレスデンの旧市街の方へやってきた。

ドレスデンの街は大まかに言って旧市街と新市街に分かれている。字面だけ見ると旧市街の方が古いようだが、実は新市街の方が発展したのは早かった。

ザクセン侯の時代に大火災があり、そこからいち早く復興したのが新市街だったのだ。

新市街の方が狭い路地に沢山の商店やレストラン、バーなどがひしめき合っているのに対して、旧市街の方はどちらかというと劇場や美術館、教会などの文化的な建物が多い。

そして國常路が目指しているのはそのうちの一つの小さな教会だった。

ドレスデン市内のもっとも高名な教会、『聖母教会』の別棟だとも言われているが詳細は分かっていない。ただ建築様式から『聖母教会』の前身である『慈母たちの教会』と同年代に建てられたのではないか、ということは何人かの研究者が指摘している。

國常路はキリスト教とは縁もゆかりもなかったが、それでもその前に立った時、自然と敬虔《けいけん》な気持ちになった。

日本の高名な寺院や神社には何度も参拝したことがあるが、その境内《けいだい》や神域《しんいき》に足を踏み入れた時と同じように、偉大な存在を畏《おそ》れる敬神の念がこみ上げてきた。

彼は自分でも気がつかぬうちに深々と一礼をしている。帽子を取って胸に当て、そのままの姿勢で五秒ほどじっとしていた。

行き交う人が不思議そうな顔をしてそんな東洋人の様子を見つめていた。

(キリスト教はあくまで私にとっては異国の宗教。だが、神を敬《うやま》うのに洋の東西はあるまい。謹《つつし》んで入らせて頂く)

國常路はそう心の中で呟き、顔を上げると重たい木製の扉を開けて中に入っていった。

「思っていたよりも少し遅かったですね、えーと、こく……しゅみっとじ？　中尉」

銀縁《ぎんぶち》の眼鏡《めがね》をかけた怜悧《れいり》な容貌《ようぼう》の男が書類に目を落としながら言った。

「申し訳ありません。ドレスデンの街を見学しておりました」

そこは教会の一室を利用した事務室で、彼の他にも白衣を着た研究者たちが何人も机に向かって書類仕事をしていた。

「ほう」

その男は顔を上げて不思議そうに首を傾げた。

「なんのために？」

「……これからしばらくお世話になる街です。予め雰囲気を知っておこうと思いました」

「それは東洋のならいなのですか？」

「いえ」

國常路はわずかに目を細め、答えた。

「個人としての考えです」

眼鏡の男は冷笑を浮かべた。

「感傷の領域です。少なくとも我々、ドイツ国民の合理精神からはあまり馴染みがない。なぜだか分かりますか？」

「いいえ」

男の論旨からおおよその見当はついたが、國常路はあえて首を横に振った。男は得々として語った。

「あなたの任務はアレを東洋的な易学、占星術などの観点から解析することです。それにあなた個人が街に馴染むこととか、ドレスデンの情勢などは一切関係ない。あなたは一刻も早くここに来るべきでした」

國常路は、

「……」

無言を貫いてから、

「申し訳ありませんでした」

丁寧に頭を下げた。当局からは今日中に教会へ顔を出すように言われただけで、特に時刻などは指定されていない。本来なら一研究員であるこの男から遅刻のように取り扱われる筋も理由も全くないのだ。

だが、國常路はこのように判断した。

きっとこの男の嫌みな態度は科学の現場に非科学的なロジックを持ち込む者への科学者なりの精一杯の抵抗なのだ、と。

彼は少し考えた末、生真面目な顔でこう語った。

「ですが、発見も色々とありました。ごく個人的でささやかなことですが――ドイツで食べたソーセージの中でここが一番、美味でした」

「！」

銀縁眼鏡の男は一瞬、驚いた顔になったがすぐにふんと鼻を鳴らした。呆れたように肩をすくめ、

「全くなにを言っているのですか？　この街のソーセージくらいでドイツソーセージを全て知った気になって貰っては困ります。確かにドレスデンのソーセージも悪くはありませんが、我が郷里のソーセージとはやはり比べるべくもない。ぷりっとした皮の歯ごたえといい、噛んだ時の溢れ出る肉汁のこくと甘みといい、まさに」

そこまで熱を入れて語ってからふいに男は我に返ったようで、こほんと咳払いをすると、

「まあ、そんなことはどうでもよろしい。貴官を研究主任に引き合わせましょう」

そう言ってさっさと立ち上がると歩き出した。

「……お願いします」

國常路は口元に微かな笑みを浮かべ、男の後に続いた。

（お国自慢はいずこも変わらぬのだな）

そんなことを思っていた。

その教会の地下には驚くほど広大な空間が広がっていた。

キャットウォークが繋ぐ中二階があり、そこから見下ろすと白衣を着た沢山の研究者た

ちが最新鋭の、素人目《しろうとめ》には複雑怪奇な機械類を前に様々な作業に取り組んでいた。投光器があちらこちらに設置され、まるで真昼のように明かりが煌々《こうこう》と灯《とも》っている。

國常路を先導していた銀縁眼鏡の男がふいに立ち止まって手すりに手をかけると大きな声を張り上げた。

「諸君。お静かに！」

がやがやと騒がしく言葉を交わしていた科学者たちは一斉に國常路たちを見上げた。

「かねてより通達があったように遥《はる》か遠く東の国からアレに関する全く異なるアプローチを携えて技術将校がいらした」

すっと國常路が見えるように脇《わき》に退《しりぞ》き、

「諸君。こ、こーにっひ・でんもー中尉だ」

明らかに発音出来ていない。全く誰とも分からない者の名前を呼んでいる。だが、國常路は動じることなく、すっと前に出てくると、

「日本からやって参りましたダイカク・コクジョウジです。呼びにくければどうぞダイとお呼びください。皆さんの足を引っ張らぬよう、拙《つたな》い技術と知識を総動員して研究のお手伝いに当たらせて頂きます。何卒《なにとぞ》、よろしくお願いします」

そう言って謹厳に一礼した。

科学者たちは大いに戸惑っているようだった。色々な意味で今、彼らの目の前に現れた

人間はイレギュラーな存在だった。

西洋人ではない東洋人。

研究者ではなく軍人。

科学の専門家ではなく、超常現象に関するエキスパート。

しかも流暢《りゅうちょう》なドイツ語を喋るのに、お辞儀《じぎ》を含めて立《た》ち居《い》振る舞いは明らかに異国のものだ。彼らのうちのある者は冷笑を浮かべ、ある者は好奇心に駆られた目をし、またある者はもうすでに自分の作業に戻り始めていた。

だが、大多数はただひたすらに当惑していた。

それでも、

「では、こるねりっひ・でんげる中尉に拍手を」

銀縁眼鏡の男がそう言うとぱらぱらと熱のない拍手が返ってきた。國常路は黙って会釈をし、後ろに引っ込んだ。

「では、参りましょうか」

銀縁眼鏡の男が再び歩き出した。

國常路はこれから出会う二人に対して、自分が当初、思っていた以上の期待感を抱いていることに気がついていた。

親衛隊上層部肝いりの一大プロジェクトが実質、まだ十代の姉弟によって取り仕切られている、ということを最初に知った時、國常路は驚くよりも先にまず呆れてしまった。だが、この二人の超早熟の天才、クローディアとアドルフの経歴と業績に目を通した時、その考えは自然と改まった。

彼らの輝かしい功績は軍事、産業、学術など非常に多岐な分野にまたがったものだった。プロフィールをざっと眺めているだけでもこの二人が通常の人間を遥かに卓越した知性の持ち主だということがすぐに分かるだろう。

(なるほど、ゲルマン民族というのは確かに偉大だ。このような人類の突然変異ともいうべき異能の英才を輩出するのだから)

さらに彼の感心はクローディアとアドルフを取り立て、研究の全権を任せた親衛隊上層部の柔軟な人事采配《さいはい》にも向けられた。

(様々な問題点を抱えているとは言え、このような合理性においてはやはり一日《いちじつ》の長がある。我が国も大いに学ぶべきものがあるな)

そんな感想さえ抱いた。彼自身、若くして國常路家の当主となった際、様々な因習や偏見と戦わなければならなかった。若輩《じゃくはい》ながら誰にも真似の出来ない才覚を持ち、巨大な責任を背負う若い俊才二人に対して國常路個人としても大いに興味を惹《ひ》かれていたのだ。

國常路を案内していた銀縁眼鏡の男は一度、階下に降りるとその横合いにくりぬかれるように掘られていた長い廊下を歩いていき、やがてそのどん詰まりの部屋でノックをした。

『クローディア&アドルフ・ヴァイスマン』

そうプレートがかかっていた。

陽気で気楽な調子の返事がすぐに聞こえてきた。

「どうぞどうぞ。鍵は開いているよ、入ってきて」

銀縁眼鏡の男は、

「失礼します、主任」

扉を開けながら中に声をかけた。

「もるげん中尉をお連れしました」

「もるげん?」

素《す》っ頓狂《とんきょう》な声が聞こえた。

「だれ? それ?」

それから驚くほど明瞭な発音のドイツ語が聞こえてきた。

「國常路大覚中尉でしょう? 日本からいらした」

國常路は部屋をゆっくりと覗き込んでみる。そこにいたのは、

「やあ、いらっしゃい、中尉」

雑然とした机の上に直接、腰掛けた銀髪の青年だった。白皙《はくせき》の顔立ちといい、クリアな

色合いのグレーの瞳といい、決して大和民族ではあり得ない風貌だ。彼はひょいっと身軽に立ち上がると國常路の方に歩み寄ってきた。

ごく自然に手を差し出してくる。

かなりの長身だが、そのにこやかな表情には少年と青年の狭間《はざま》にいる人間特有の透き通った無邪気《むじゃき》さがあった。

國常路は青年のちぐはぐな印象に大いに戸惑いつつも、半ば条件反射的にその手を握り返していた。

そして。

「！」

沈着冷静な彼にしては非常に珍しいことだが、軽く驚いた表情になった。なぜならヴァイスマンの腕がするりと肘《ひじ》の辺りから抜け落ちたからだ。

思わず目を見開いてその腕を見つめる國常路。すぐに彼はそれがセルロイド製の偽物《にせもの》だと気がついた。

銀縁眼鏡の男も苦笑して肩をすくめている。

その次の瞬間、

「あははは！　びっくりした。ごめんねえ」

お腹を折ってその青年が笑い出した。彼の上着からにょっきりと本物の腕が生えてきた。

どうやら腕を引っ込め、中で偽物の手を握っていたようだ。その指先には赤い花が握られている。それを國常路に向かって差し出しながら青年が悪戯っぽく片目をつむった。

「これは歓迎の印。これから頼りにしているよ、中尉」

それが以後、かけがえのない絆を結ぶことになるアドルフ・K・ヴァイスマンとの初めての出会いだった。


この小さな教会に親衛隊のドイツ遺産《アーネンエルベ》協会の人間が立ち入ったのが三年前、一九四一年のことだった。

教会の地下空間にベーメンから搬入された聖遺物が存在する、ということは歴代の教会関係者によって伝えられていたが、実際にそれを詳細に調査する者は長らく現れなかった。

教会の設立とかなり密接に関わっているというその歴史の遺産は決して日の目を見ることなく、幾歳月もの間、ただ静かに地下空洞の奥壁に塗り込められていただけだった。

ただごく狭い範囲でだが、この教会を訪れた信徒がその聖遺物の近くで奇蹟《きせき》を目の当たりにした、という噂《うわさ》が存在していて、ドイツ遺産《アーネンエルベ》協会は耳ざとくそれを聞きつけると、聖遺物の徴発、接収を躊躇《ちゅうちょ》なく行った。

アーリア人の優位性を証明するという名目なら、それが未確認の情報でもかなり強引な手段を取ることが機関には出来た。

もっともいったんは発掘作業が開始されたものの、その未来において《ドレスデン石盤》と呼称されるようになる物体は教会の外に搬出するにはいささか巨大すぎて、簡易《かんい》な写真撮影が行われたのち二年ほど半ば放置されていた。

それが一変したのは数匹の羽虫が監視員の前で演じた事件によってだった。

後にその現象は『聖ヨハンの行列』という名称が与えられた。

数匹の羽虫が光源もない状態で炯々《けいけい》と輝くと緩やかな行列を宙に作り、やがて自ら燃え尽きて死んだのだ。

その報告が祖国の劣勢を跳ね返す『奇蹟』を求めていた親衛隊全国指導者の目に留まり、たちまち大規模な資金と人員がその石盤の調査のために投入された。

元々、この地下空間は信徒を無灯火で歩かせる聖遺物礼拝の広間として存在していたが、『聖ヨハンの行列』からたった二ヵ月後には、そこは最新鋭の機械と優秀な研究者たちがひしめき合う〝研究所〟へと姿を変えていた。

第三帝国の科学分野において双頭の天才と謳《うた》われたクローディア、アドルフ・ヴァイスマンの投入もその一連の流れにおいて決定された。一部、そういった有為《ゆうい》の人材はもっと別の切実な案件に向けるべきだ、という意見も存在したが、親衛隊の上層部は断固としてこれを実行した。

それだけ本物の奇蹟を内包した聖遺物への期待が大きかった、とも言えよう。

だが、鳴り物入りで研究に着手したものの、アドルフもクローディアも最初から大いに苦戦を強《し》いられることになった。

なにしろ解析しようにも前例が全くない代物なのである。

結果、しばらくの間は様々な測定機器を揃《そろ》える環境整備と、同じ壁から出土した石碑片の復元と解明に全力を傾注《けいちゅう》することになったが、目に見えた成果がすぐに上がってこないことに不安を覚えた上層部はさらなるダメ押しとして、科学とは全く異なるアプローチを持つ同盟国の技術将校を参与として招聘《しょうへい》することを決定したのだった。

そして、國常路大覚はドイツにやってきた。

その後、アドルフ・K・ヴァイスマンの案内で台座に固定された〝石盤〟の前に立った時、國常路は不思議な感慨に囚《とら》われた。

巨大な円形の造形物である。絶対に自然のモノではない。だが、それ以上の感想は特に出てこなかった。畏敬の念にも、驚異の感情にも至らない。これだったらイタリアに立ち寄った際、目の当たりにしたコロッセオの方がよほど國常路の印象に残った。

(微かなざわめきと胎動はあるが、本体がここには未だ存在していないように感じる)

目をつむり、石盤の気配を探りながら國常路はそんなことを考えていた。

(抜け殻なのか、それとも今は眠っているのか――)

「どう？　なにかもう分かった？」

ヴァイスマンがおかしそうに聞いてくる。からかっているとか、小馬鹿にしている感じではないが、かといって本当に期待を抱いているふうでもない。初対面の印象通り、あくまで飄々として軽い口調だった。

「――いや、特には」

國常路は静かに首を横に振った。

「そう」

ヴァイスマンはそれ以上、深くは尋ねてこなかった。

「じゃあ、僕はちょっと用事があるんでいったん失礼するよ。君の存在は既に全研究員に通達してあるからどこでも自由に見て回ってね。あとで夕食でも一緒にしよう。日本の話を聞かせてよ」

一方的にドイツ語でそうまくし立て去っていく。國常路は、

（やはり変わった男だな）

内心でそんな感想を抱いた。

常人ではない、というのは間違いがないだろう。踊るような足取りで彼が柱の向こうに消えていくのを見送ってから、國常路は改めて〝石盤〟に向かい合った。〝石盤〟の左右には投光器が設置されていて明々と光を投げかけている。前面に機械類が設置されていて

絶え間なく様々なデータを計測、記録していた。國常路が何気なくそちらに近づくと、

「！」

全てのランプが赤く点灯し、びー、びー、と警報のような音が漏れた。國常路は困ったように眉をひそめ、辺りを見回した。なにかまずいことをしてしまったのだろうか？

誰か機械の分かる研究員を呼ぼうと思っていると柱の陰からヴァイスマンが上半身を突き出していて、

「あははは、またひっかかった！」

子供のような顔で笑っていた。彼の手にはリモコンのようなモノが握られていて、ヴァイスマンが指先でそのボタンの一つを押すと光も音もたちどころに停止した。

どうやらわざわざ國常路を驚かすためだけに計測装置に仕掛けをしていたらしい。

「中尉。無愛想《ぶあいそう》だけど驚いた顔は面白いね」

ヴァイスマンはそう言って肩を震わせると今度こそ去っていった。國常路はその背中を見送ってから、

「――やれやれ。色々と前途《ぜんと》が思いやられるな」

その予想は恐らく当たりそうだった。

それから約二週間が経過した。〝石盤〟を東洋的易学の観点から解析する、という名分

の下、はるばるドレスデンまでやってきたが、ヴァイスマンと出会った時に感じた漠とした不安はほぼ的中してしまっていた。

まず〝石盤〟へのアプローチ自体に國常路は困っていた。最初に感じたがらんどうのような雰囲気から変化が全くなかったのだ。

たとえて言うと魚の全くいない池にずっと釣り糸を垂れているような感覚だった。どんなに釣りの技術があっても、そもそも獲物がそこにいなければ腕の振るいようがない。さながら〝石盤〟にはたった一夜の大雨で出来た水たまりのような不自然さとわざとらしさがあった。

(果たしてこれをどう解釈するべきか……)

國常路の家系は古くから陰陽道の主格として日本の闇の世界で生きてきた。それが明治維新後の太政《だじょうかん》官制により、星学局に編入され、国家の呪術的な守護者としての地位を明確に与えられるようになった。

取り込まれたとも言えるし、意図的に入り込んだ、とも言える。

だから、國常路大覚には陸軍中尉としての顔と、日本の魔術的な側面を担う國常路家の当主としての顔の両面の顔が常に存在していた。

千年にも及ぶ玄奥《げんおう》の秘技は若き國常路家当主の中にきちんと継承されている。だが、今、彼が向かい合っているのは恐らく先祖の誰も目の当たりにしたことのない、方法論的に全く異質の代物《しろもの》だった。

端的に言うと大きな困惑だけが國常路を支配していた。

さらに國常路の仕事を阻んでいる要素としてこの教会で働く研究者たちの非協力的な態度が挙げられた。

國常路は毎日、この地下空間にやってきて〝石盤〟自体を観察するのはもちろん、教会の古い文献を読んだり、今までの研究データに目を通したりと様々な活動を積極的に行っているのだが、やはり今まで部外者であったことは否《いな》めないので、どうしても分からない部分があり、それらは周りで働く白衣の人間たちから情報を得るしかなかった。

だが、そんな際、彼らから返ってくるのは冷たい無視だったり、言葉が聞き取れないフリだったり、協力してくれる場合でもあからさまな溜息や舌打ちが伴《ともな》ったりしていて、國常路の目的が順調に果たされることは極めて少なかった。

國常路はそれで傷つけられるような生易しい神経の持ち主ではなかったが、作業の遅滞《ちたい》が生じていることだけは残念に思っていた。

やはり異端を煙《けむ》たがる傾向はどこの社会にでもあるのだな、と改めて國常路は認識した。

ただ國常路にも全く味方がいないわけではなかった。偏見なく、明るく、気さくに、親切に接してくれる人物がただ一人だけいた。この即席の研究所の最高責任者、第三帝国の双頭の天才の一人、アドルフ・K・ヴァイスマンがそうだった。

彼はむしろ國常路に最初から好意を抱いているかのように見えた。國常路がなにか疑問を抱けばすぐに説明してくれたし、彼が困っていれば自分の時間を割《さ》いてまで懇切《こんせつ》丁寧に問題解決に当たってくれた。

率直なところヴァイスマンがいなければ、國常路は人間関係の壁に阻まれ、なに一つ成果を上げることなく、帰国の途につかざるをえなかっただろう。

そういう意味で國常路はヴァイスマンに感謝していた。

仕事面だけではない。

ヴァイスマンはプライベートでも國常路と時間を過ごすことを好んだ。昼食も時間が合えばよく一緒に済ませたし、彼がこの教会に間借りしている私室にまで招待してくれて、そこでビールを酌《く》み交わした。

ヴァイスマンは人を飽きさせない、という意味でも天才だった。とにかく話題が豊富なのだ。その博覧強記《はくらんきょうき》から紡《つむ》ぎ出されるエピソードの数々はいつも國常路を感心させた。

最新の物理学からギリシャ悲劇、東南アジアにおける植民地支配の問題点から、今年、流行のファッション。さらには心理学の実験から党幹部のゴシップと、語る内容は次から次へと飛躍《ひやく》していったが、そのどれにおいても的確な引用と天才的な洞察《どうさつ》によって常人にはない結論が導き出されていて、時に鉄面皮と形容される國常路の表情にも微かな笑みをもたらしたりした。

そんな折、ヴァイスマンはひどく得意そうだった。

二人で会話をする場合のほとんどは國常路が聞き役だったが、日本に関連する事柄だけはその主客が逆転していた。ヴァイスマンは日本の文化や風習、地理、歴史についてならどんな些細《ささい》なことでも聞きたがった。國常路が自分が知る限りのことを話して聞かせるといつも瞳を輝かせて喜んで、

〝いいなあ。いつか日本に行ってみたいなあ。神秘の国。人と人が相和《あいわ》す国。素晴らしいなあ〟

そう言ってうっとりと溜息をつくのが常だった。ヴァイスマンの日本への知識は客観的に見て、ひどく片寄っていた。

木造建築と日本の政治形態についての恐ろしいほどに鋭い考察を述べたりした後、真顔で、

〝それで日本陸軍は侍と忍者で主に形成されているんだよね？　君は侍派なの？　それとも忍者派なの？〟

などと尋ねてくるのだ。

〝中尉は分身の術は使える？　土遁《どとん》の術は？〟

からかっている様子はない。恐らく書物しか情報の入手元がないので、フィクションとノンフィクションの境界がメチャクチャなのだろう。ヴァイスマンにはこのように知識が

先行したアンバランスな部分があった。

大人と子供。

怜悧な頭脳と無邪気な好奇心。

真剣な議論を吹きかけてくるかと思えば、相も変わらず他愛ない悪戯を仕掛けてきて大喜びしている。

不思議な二面性がこの青年にはある、と國常路はかなり早い段階で気づいていた。

（だが、この者の厄介さに比べたら他の研究者たちはまだ扱いやすい部類に入るな）

口に出すことはしなかったが、國常路は内心ではヴァイスマンをそう捉えていた。他の人間は明確な敵意を示す分、まだ理解しやすいが、ヴァイスマンは非凡な知性に迷彩を施されてその真意がひどく判別しにくかった。

一見、こうして食事を共にし、仲良く話しているように見えるが違う。

（この者は本当の意味でまだ私に心を開いていない――まるであの〝石盤〟のように）

ヴァイスマンの陽気なお喋りを聞きながら國常路は密かに考えていた。

彼はこの国に足を踏み入れた時から既に覚悟を決めていた。どんな障害にもたった二つのシンプルな原則で乗り越えていこうと。

まず一つが相手に敬意を持って合わせること。

初日に、教会の前で一礼したように相手の事情や文化をきちんと理解し、その上で最大限の誠意を持って接する。

そしてもう一つが――。

己を貫くこと。先進的な教育を受けた軍人たる、陰陽道を司《つかさど》る旧家の当主たる、そしてなにより日本人である國常路大覚個人を貫くこと。

國常路には信念があったのだ。


様々な遅滞はしかし、その週の日曜日、ある女性の登場によって打開された。

気恥ずかしいので生涯、誰にも言うつもりはないが、その女性との邂逅《かいこう》は國常路にとって公私ともに一つの事件だった。

座っていたのは旧市街のカフェの一角で、読んでいたのは日本から持ってきた本だった。美味いダッチコーヒーを飲ませてくれるのと、適度な賑わいが居心地良くて、先週辺りから来るようになった。ちなみにここ最近の昼食は移動式の屋台で済ませることが多かった。

ヨハンという名前の店主とはすっかり顔馴染みになって、しばらく立ち話をする仲になっている。

今日もヨハンの屋台でソーセージを食べた後、この店にやってきてずっと活字を目で追っていた。

その時である。

「……間違いだったら大変、失礼します。もしかして日本陸軍の國常路中尉ですか？」

柔らかいドイツ語でそう声をかけられた。國常路は本から顔を上げ、わずかに目を見開いた。驚くほどの美貌の女性がそこに立っていた。

輝くような銀髪に、明るいグレーの瞳。ほっそりとした肢体に楚々《そそ》とした雰囲気を身にまとっている。國常路はある程度、人の面相を視ることが出来た。このように内面から放つオーラまで美しい女性には日本でもドイツでもなかなか出会うことが出来なかった。

「……はい。國常路は私です」

少し照れながら國常路はそう答えた。その女性は大きく目を見開くと、

「ああ、よかった。間違ってたらどうしようかと思いました」

今度は嬉しそうな笑顔でそう言った。胸に手を当て、ほっとしたように息をついている姿が少女めいて可憐《かれん》だった。

もうこの時点で國常路には想像がついていた。今度は彼が尋ね返した。立ち上がりながら手を差し出し、

「クローディアさんですね？　アドルフのお姉様の」

「まあ、中尉は推理がお得意なのですね」

「分かりますよ。よく似ておいでだ」

これだけ卓越した雰囲気を持つ人間がそうそうドレスデンにいるとは思えない。あり得るとしたら天才の血縁、双頭のもう片割れなのだろう。その女性、クローディア・ヴァイスマンは嬉しそうに國常路の手を握り返し、にっこりと微笑んだ。

「初めまして、中尉。ようやくお会い出来ましたね」

彼女は國常路とちょうど入れ違う形でベルリンに行っていて、ここ二週間、研究所を留守にしていたのだ。

その白く細い指先の感触が國常路の胸にずっと残った。


國常路が勧める形でクローディアが彼の向かいに相席することになった。彼女もまた休日のお茶を楽しみに来たのだそうだ。この店は國常路が来る遥か以前から彼女の行きつけだったらしい。

「ではお言葉に甘えて。お邪魔します」

クローディアはお礼を述べると優雅な仕草で着席した。彼女は近づいてきた店員にシナモンを入れた紅茶を注文し、改めて國常路を振り返る。

「それでどうですか？　ドレスデンの街は？　だいぶ慣れましたか？」

嫋《たお》やかな声だった。國常路は微笑みを浮かべて答えた。

「はい、お陰様で」

「すいません。ベルリンでの仕事がなかなか片付かなくて。こうして中尉にご挨拶をするのも遅れてしまいましたね」

「なにか問題でもあったのですか？」

「いいえ、特には。私とアディ……アドルフが以前にやっていた諸々《もろもろ》の研究の引き継ぎ作業にちょっと時間がかかっただけです」

「なるほど」

「これでようやく私もアドルフも〝石盤〟研究に専念することが出来ます」

「……」

國常路は少し意外そうにクローディアを見つめた。どうやら上層部から命令された、というだけでなく、ヴァイスマンもクローディアも本気で〝石盤〟に向き合う腹づもりのようだ。全力を傾注するために、姉の方が余計な職務を整理してきたのだろう。天才二人がそれだけ食指を動かしているということは——。

（やはり本物なのだな、あの〝石盤〟は）

國常路はコーヒーを啜《すす》りながら目を細めた。

「中尉」

クローディアが國常路の様子を窺うようにして尋ねてきた。

「……休日におくつろぎ中のところお邪魔してこんなことをお尋ねするのも恐縮ですが、

良かったら聞かせてください。あの〝石盤〟」

ちらりと標準を遥かに超越した知性の輝きを瞳に閃《ひらめ》かせ、

「どうご覧になりましたか？」

「……」

國常路は慎重な態度を取った。

「そうですね」

考えをまとめながら、

「現状、とっかかりが見つかってはいない、というのが正直なところです」

ただ、と言葉を切って、

「分からないことが順調に増えていっているから、逆に手がかりが見え始めているのかもしれません」

クローディアは國常路の修辞を黙って興味深そうに聞いている。

國常路はテーブルに目を落とし、

「私はこの任務を拝命した時から即席ではありますが、キリスト教、カバラ、占星術、秘数学など一通りの西洋的オカルティズムの予習をして参りました。そして私なりにあの〝石盤〟を調査した結論から言うと、やはりあの〝石盤〟には西洋の技法ではないなにかの鍵が隠されている気がします。もっとも」

少し苦笑して、

「そうでなかったら、私が呼ばれる理由もありませんからね。でも、それを自分できちんと確かめることが出来た。そういう意味でこの二週間は決して無駄ではなかったと思います」

「……中尉は」

クローディアはゆっくりと言った。

「非常に誠実にお仕事に当たられているのですね？」

「任務ですから」

やや素っ気なく國常路はそう答えて、

「これから先は私の持っている本来の技術や知識を総動員してあの〝石盤〟に当たってみます。ここからが本当の仕事です。個人的な予感ですが、西洋の論理でも、きっと東洋の呪法だけでもダメな気がする。アレはそういった何かを超越したような」

ふいに國常路の心にあるキーワードが思い浮かんだ。

(自分を見《和》失わず、そこに合《洋》わせる)

朧《おぼろげ》気だが手がかりが見えた気がした。

「中尉？」

クローディアに声をかけられ、國常路は我に返った。

「すいません。ちょっと考え事をしてしまいました」

「いいえ」

微笑むクローディアにこれだけは伝えておこうと喋った。

「フロイライン。私は当初、あの〝石盤〟にはなにも感じませんでした。まるで大雨の後に突然、出来た水たまりのような底の浅い感じを受けました。だけど、今はその底を打ち抜けば中にとてつもない大海が広がっているような気がしています。これは」

少し迷ったが言い切る。

「かなり強い直感です」

クローディアはしばし押し黙ってからふふっと微笑んだ。

「──奇遇ですね」

長い睫毛《まつげ》の瞳で真っ直ぐに國常路を見つめて、

「私も弟も全く同じ考えなんです」

國常路は改めてクローディアを美しい、と感じた。


その後はしばらく会話が途切れた。國常路は決して多弁ではないし、沈黙を苦にしないタイプだ。クローディアの方が少し頬を赤らめ、

「ところで中尉。読書中だったのですね？　なにを読んでらっしゃったんですか？」

話題を振る形でテーブルの上に置かれた國常路の本に視線をやった。

「これですか？」

相変わらず淡々とした表情で國常路はその本を取り上げた。

「ハイネの詩集です」

「ハイネ？」

クローディアはびっくりした顔つきになった。

「でも、それは日本語の本ですよね？」

「……フロイライン。良い作品は洋の東西を問わないのですよ。当然、日本でもちゃんと翻訳されて出版されています。私は個人的にこの詩人にはこの地の魂があると思う。ドイツ語版ももちろん持っていますが、今日は少し日本語が恋しい気分でしてね」

クローディアはさらに驚いたようだ。

「えっ、と。中尉は詩とかがお好きなのですか？」

國常路は仕事を語る時と全く同じ口調で、

「そうですね。少なくとも嫌いではないと思います」

クローディアは目をまん丸にしている。國常路は持ち前のポーカーフェイスで、

「そうだ。洋の東西といえばこんな本もありますよ。日本の〝俳句〟をドイツ語訳したものです。正確に言えばイマジズムの詩人が英語で書いた俳句に関する研究書をさらにドイ

ツ語訳したものなのですが——ご覧になりますか？」

そう言って鞄《かばん》から一冊の本を取り出した。ドイツ語のタイトルで『日本の自由詩《“Japanische freien Vers”》』と記されている。それを受け取りながらクローディアはふいに、

「ふふ」

おかしそうに声を上げた。

「……どうかしましたか？」

國常路が不思議そうに尋ねると、クローディアは口元を押さえ、

「ごめんなさい。私、勝手に中尉はもっと怖い方だと思っていました」

少し悪戯っぽい目で、

「こういうご趣味もあったんですね」

國常路は苦笑した。

「よく言われます。どうも私は自覚がないのですが、顔つきが怖いらしい」

クローディアはまだくすくすと笑ったまま、

「軍人さんですもの。それくらいでいいのではないですか？」

そう言われると國常路も肩の力が抜けた。ふいに先ほどの閃きがまた脳裏《のうり》に戻ってきた。

（私は私らしく。相手に敬意を持って合わす）

そうか。

とっかかりが出来た気がした。それは〝石盤〟だけではなく、もっと距離を縮めるべき相手にも有効なことなのだ。

たとえば悪戯好きで陽気な、そのくせ、容易に人を懐《ふところ》には入れない天才青年に対しても。

「クローディアさん」

國常路は相手に向かって呼びかけていた。

「少しお願いがあるのですが、良いでしょうか？」

彼の脳裏で一つのプランが完成していた。


それから二週間、特に何事もなく時間が過ぎていった。アドルフ・K・ヴァイスマンは相変わらず〝石盤〟の基礎データ収集に熱中していた。彼にはこういう地道な作業の積み重ねが難しい研究の突破口に繋がっていくのだ、という確たる信念があった。土台作りをおろそかにする者に学問の神《ミューズ》は微笑まない。

幸い彼の半身である姉のクローディアがベルリンから戻ってきてくれたお陰で仕事は順調にはかどった。

おおよその区切りはこの一月《ひとつき》くらいで見えてくるだろう。

そうして多少の心の余裕を持って周囲を見回した時、ヴァイスマンは研究所内の一つの変化に気がついた。

傍若無人に見えて人の感情の機微に敏感なところがあるヴァイスマンはすぐにそれが國常路大覚によるものだと理解した。どことなく人間関係の風通しが良くなっているのだ。注意深く國常路大覚の言動を見ていると幾つかのことが分かった。もちろん所内全員ではないが、それなりの数の人間が國常路と日常的な挨拶や他愛のない会話をするようになっていたのだ。

國常路がなにか特別なことをしたわけではないようだ。ただ彼はごく普通に丁寧に相手に声をかけ、敬意を持って話を聞き、筋を通すべきところは礼節を守りつつもきちんと意見を主張する。

それを淡々と、淡々と繰り返している。

それによって毎日少しずつだが、やや気むずかしいところのある研究者たちの信頼を勝ち取っていっているようだ。

(へえ、嚙みつき魚みたいな表情の鉄面皮かと思ったけど、人心を掌握するのにも長けているんだね、中尉は。さすが軍人さん……いや、本質的に人の上に立つ器量があるんだろうな)

ヴァイスマンにはそれが口で言うほどたやすい行為でないことはよく分かっていた。本当の真心《まごころ》から生じる振る舞いでなければ異邦の地だ。すぐに馬脚が露《あら》わになっていただろう。

（大したモノだ）

その國常路の後押しを姉であるクローディアが積極的にしていたのもヴァイスマンにとってはかなり意外なことだった。

男尊女卑《だんそんじょひ》の強いこの国だから名目上はヴァイスマンが研究主任であり、クローディアが副主任であるが、実質的な業績と才覚はややクローディアの方が上だった。

そのため研究員たちもクローディアには一目《いちもく》も二目《にもく》も置いていた。その若い美貌の上司が國常路には楽しげに笑いかけるのである。

自然と他の者もその範に倣《なら》うようになった、というのが國常路が研究所内に溶け込めるようになったかなり大きな要因の一つだろう。

（姉さんは僕以上に人見知りで、あまり男性に心を開くタイプではないんだけどな）

少しだけ面白くない気分があるのも事実だった。國常路のことは決して嫌いではないが、敬愛する姉とあそこまで仲良くしていると、ちょっとだけ嫉妬《しっと》もしてしまう。ヴァイスマンはそこで、

（そうだな。久しぶりにまたどっきりさせてやろうかな）

姉の帰還でしばらく控えていた國常路に対する悪戯を再開しようと考えていた。

天才的な知能の持ち主だが、ヴァイスマンの悪戯はほとんど他愛のないものばかりだっ

た。ほぼ初等学校の生徒の域を出ていない。今日、思いついたのは最近、研究所に勝手に出入りするようになった一匹のノラ猫を使ったものだった。

無愛想で不貞不貞《ふてぶて》しくてよく太った猫。

ヴァイスマンはこの猫をタマゴローと勝手に名付けていた。國常路がこの研究所にやってきた時期と前後して現れたので、日本ぽいそんな名前にした。そのタマゴローを袋に入れて國常路に手を突っ込ませ、驚かそうとしていた。本当に大した仕掛けではない。

だが、タマゴローは簡単にヴァイスマンの思惑に乗るほど素直な猫ではなかった。身をよじり抵抗し、最終的にはヴァイスマンの手をひっかいて逃げ出した。

「あいて！」

ヴァイスマンは叫んで猫を追いかけた。

「こら、待ってよ！　いつか日本に連れてってやるからさ！」

猫からしたらそれはさして魅力的な提案でもないだろう。タマゴローはたったたと走っていく。ヴァイスマンは半ば面白がりながら猫を追跡し、廊下の曲がり角でどんと何者かとぶつかった。

「きゃ！」

がちゃんとなにかが砕けるような派手な音と共に誰かが叫ぶ声がした。

「いてて、ごめんなさい！」

一度、よろめいたヴァイスマンはすぐに自分が國常路と激突したことを理解していた。彼の足下には陶器の破片らしきものが散らばっている。そしてヴァイスマンの姉、クローディアが悲鳴を押し殺そうとするかのように口元を手で押さえ、こちらを見ていた。

どうやら國常路がクローディアと並んで歩いているところに突っ込んでしまったようだ。陶器を持っていたのは國常路だったのだろうか？

「中尉！　ごめんごめん！」

ヴァイスマンは顔の前で手を合わせる日本人のような仕草で許しを請《こ》うた。この時点では申し訳ない、という気持ちはあるものの、さほどの深刻さはなかった。

だが。

「……」

「……」

國常路とクローディアの様子が明らかに変だった。まずクローディアは顔面蒼白《そうはく》だった。今までに見たことがないくらいの悲壮な表情でヴァイスマンを見つめ、黙って首を横に振っていた。

気のせいか、目に涙が浮かんでいる。

ヴァイスマンの心臓がどきどきと脈打ち始めた。

（え？　なに？　なんかすごくまずかった？）

一方、國常路はいつものように無表情だったが、砕け散った陶器を見つめる視線には静かな諦念《ていねん》のようなものが浮かんでいた。

「そうか。壊れたか」

「あ、あの中尉？」

「仕方ない。腹を切ろう」

「へ？」

唐突な一言に目を剝いた。國常路は腰元に下げていた短刀を引き抜くと、その刃をしげしげと見つめている。

「ちょ、え？　へ？」

慌てているヴァイスマンにクローディアが叫ぶように言った。

「アディ！　その壺《つぼ》はね、日本のショーグンから中尉が特に頂いたモノで、この世に二つとない宝物だったのよ！」

國常路がクローディアをそっと制止しようとしたが、彼女は止まらなかった。

「私が無理を言って見せて貰うところだったの。あなた」

ぶわっとクローディアが本当に泣き出した。

「あなた、とんでもないことをしてしまったわ！」

ヴァイスマンは焦っていた。

「え？　うそ？　うそだよね？」

「ヴァイスマン。すまない」

國常路は微笑みかけた。

「もう研究を手伝えそうもない。私の本国によろしく伝えておいてくれ」

「そんな！　だから、って。そんな」

「前に聞いたろう？　私が侍派か忍者派のどちらかって。今だから言うと私は侍なのだ。だから、腹を切らねばならない」

(腹切り！)

ぞっと背筋に寒気が走った。

その知識だけはアドルフ・ヴァイスマンにもあった。侍はなにか痛恨の失態を犯すとその名誉を回復するために自死を選ぶのだ。

「ダメだ！」

声が漏れた。

「やめて、中尉！」

しかし、遅かった。國常路はくるりと刀身を返すとそれを自らの腹部に突き立てたのだ。

「！」

ヴァイスマンは悲鳴を上げ損ねた。國常路がゆらりと体勢を崩す――と思いきや、

「ヴァイスマン」

相変わらず謹厳な表情ながらもほんの微かな笑みを浮かべて、

「驚いたか？」

さっと刀を差し出すとその先端が花束になっていた。

「これは今後ともよろしく、というお近づきの徴《しるし》だ。ぜひ受け取ってくれ」

見るとクローディアもいつの間にか泣き止んでくすくすと笑っている。ヴァイスマンはぽかんと口を開けていた。

(中尉が？　あの堅物の中尉が僕をだました？)

國常路は真顔で言う。

「孫子《そんし》曰《いわ》く兵は詭道《きどう》なり。計略機略は軍人の本分だ」

ふいにヴァイスマンにはなにもかも理解が出来た。

(そうか！　中尉は僕に合わせてくれたんだ！)

そのためにあまり上手くもない悪戯を返礼で仕掛けてきた。これが真面目な中尉の彼なりに考えた末のメッセージなのだろう。

おまえと遊ぶのはやぶさかではない、という。

自然と口元から笑みがこぼれた。それはやがて高く、大きな笑い声になる。今、ヴァイスマンは楽しくて、楽しくて仕方なかった。

共に遊んでくれる友達を生まれて初めて彼は見出したのだ。クローディアがほっとした笑顔になっている。

國常路も微笑みを浮かべていた。

「中尉！」

ヴァイスマンは我知らず握手を求めていた。

「こちらこそ！　こちらこそ本当にこれからよろしく！」

國常路はその手を握り返しながらこう言った。

「ヴァイスマン。それで〝石盤〟解析に関して一つの提案があるのだが聞いて欲しい──」

それは後に〝石盤〟起動に向けて大きな突破口となる画期的なアイデアを含んだ提言だった。

この時、國常路、アドルフ、クローディアの三人はそれぞれの運命をまだ知るよしもなかった。

エピローグ

新たな旅立ちへ

伊佐那社《いさなやしろ》が再び目を覚ますと、部屋は随分と静かだった。

「ん」

社は寝たままの姿勢で天井に向けて伸びをする。なんだかとても懐かしい夢を見ていた気がする。

「えーと」

一緒にいると心安らげる女性がいて。

共に未来を語りあえる男性がいた。

社はそこでとても満たされて、ずっと幸せだった。

そんな夢。

「んー」

なぜだろう？

ふいに涙ぐみそうになった。社はその理由がどうしても分からず、記憶の底をこじ開けてみようと懸命に意識を凝《こ》らしてみた。夢の中では確かに幸福だった。だが、目覚めたらほろ苦い哀しみだけが残っている。

思い出せない。

けど、いつかはきちんと向きあわないといけない大事ななにか。

そんな大事ななにかを自分は全て喪失《そうしつ》してしまっているらしい。

(僕は――本当に一体、何者なんだろう?)

考え事に疲れ、目をぎゅっとつむった。するとこめかみの辺りが痛み出し、微かに吐き気までしてきた。

「いてて」

社は頭を押さえながら身を起こしてみた。湧《わ》き起こってくる不安から脈拍まで速くなっていた。あまり快適な精神状態とはいえなかった。

そして。

彼は気がついた。

部屋がぐちゃぐちゃになっていた。

「……」

社はぽかんと周囲を見回した。

壁に掛かっていた絵が落っこち、タオルが何枚も散乱し、テレビが床にひっくり返っていて、天井のランプが粉々に砕けていた。

まるで嵐がこの空間にだけ吹き荒れたみたいだ。

「え、っと」

困惑の表情を浮かべつつ、社はさらに視界を巡《めぐ》らした。

「うわ！」

やっと狗朗《くろう》とネコの姿を認めて思わず声を上げる。部屋の隅で彼らはぐったりと背中合わせになって座り込んでいた。

しかもこちらを恨《うら》みがましそうに見つめている。

「……」

「……」

二人とも物言いたげな視線だった。狗朗はだいぶやつれていた。頬に赤いひっかき傷があり、白いシャツのボタンが幾つかちぎれ、しんどそうに息を切らしている。ネコも同じく肩を上下させ、その髪が感電したようにぼさぼさに逆立っていた。さらに下半身には逃避行中に手に入れたスカート、上半身には狗朗の上着を前を止めずに羽織《はお》っていた。

「——」

しばらく二人を見つめてから社が一本、指を立てて言った。

「えっと」

小首を傾げ、

「二人は仲良し？」

「違う！」

「そんなわけない！」

狗朗とネコが同時に立ち上がって否定した。それから二人は向かいあって、またいがみあい始めた。

「破廉恥娘。今後は俺の前で服を脱ぐことは絶対に許さんぞ！」

「クロスケこそ、ワガハイとシロの邪魔をするなら、もっと酷《ひど》い目に遭わせてやるから！」

狗朗とネコは額をこすりつけんばかりに近づけて、睨み合った。

「この、わいせつ女！」

「ムッツリスケベ！」

「なにを！」

「やるかー！」

うー、と二人は四つに組み合った。お互いに対して腹を立てているように見えて、息がぴったり合っている。

「ふ」

ふいに社の表情が崩れた。

なにか精神に風穴《かざあな》のようなものが空いた気がした。一緒にいると心が安まるというより騒動ばかり起こっている気がする。

共に未来を語るどころか命を狙う、と公言されている。

夢に見た男女とは全く違う。

この二人と付き合っていると気苦労ばかりだ。

でも。

だけど。

「ふ、ふふふふ」

社は肩を震わせ始めた。それから、

「あはははははははははは！」

大きな、大きな声で笑い出した。

夜刀神《やとがみ》狗朗とネコ。

奇妙な珍道中の道連れ。この二人のやりとりを見た瞬間、起きてからずっと感じていた不安や身体の不調が一気に吹っ飛んでしまった。呆れるくらい強く、自分などよりも遥かに強靭《きょうじん》な心を持った二人。

「クロ、ネコ」

きっとそれぞれに沢山、傷ついたこともあったのだろう。何度も迷い、苦しんできたのだろう。二人の澄んだ眼差しや真っ直ぐな立ち居振る舞いからそれは大体、察せられた。

彼らの人格は時間という名の風雪に磨《みが》かれ、決断と選択の果てに得られたものなのだ。

決して天から恵まれてなどいない。

幾多の辛いことを経て、それを乗り越えて、きっと今の二人がいる。

なぜだかそれはひどくはっきりと確信出来た。

(もしかしたら僕も――そうだったらいいな。あるいは少なくともこれからそうなれたらいいな)

社は微笑み、困惑している狗朗とネコに近づくと二人の首根っこに手を回すようにしてぎゅっと抱きしめた。

「な、なにをするんだ！」

狗朗が少し赤面してまごついていた。強引にふりほどかないのは社の雰囲気がいつもと異なっていたからだ。一方、ネコの方は至極あっさりと社を抱きしめ返していた。

「シロ！」

すりすりと頬をこすりつける。ようやくシロから甘えてくれた、という顔をしていた。

「――二人とも聞いてくれ」

社はそのままの姿勢で告げた。狗朗もネコも動きを止めて社の次の言葉を待った。社は静かな口調で言った。

「僕は未だに自分が何者なのか分からない。過去の記憶がないし、過去を生きてきた実感というものがない。本当を言うと」

一度、言葉を切って、

「殺人者なのかもしれない」

ぴくりと狗朗が肩を震わせた。だが、彼はそれ以上の反応を示さなかった。社は口元に微笑みを浮かべ、

「あるいはクロの言う通り、悪しき第七王権者なのかも。世のため、人のため、斬られるべき存在なのかもしれない」

その時、今まで黙っていたネコが突然、声を上げた。

「違う！」

彼女はきっぱりと少し怒ったように言い切った。

「シロはシロだもん！　ワガハイの、ワガハイたちのシロだもん！」

狗朗が少し驚いた顔をしていた。社は、

「……」

しばらくしてから破顔《はがん》した。

「そうだね。君の言うことはいつも正しいよ、ネコ」

ネコはえへへ、と嬉しそうな表情になった。社はネコの頭を撫で、優しい眼差しをしてから続けた。

「ネコの言う通り。でも、僕はそれでも自分が伊佐那社であろうと思うんだ。それを自分の意志として選んでいきたいんだ。たとえそこにどんな障害があっても、困難があっても伊佐那社になって生きたいんだ」

狗朗がふいに口を挟んだ。

「だが、おまえには罪があるのかもしれない。俺は一言《いちげん》様の遺命を果たさなければならなくなるかもしれない」

社は間髪《かんけつ》入れずに答えた。

「それでも僕は出来ればその記憶も共感もなにもない悪《あ》しき第七王権者としてではなく、伊佐那社として罪を背負いたい。他の誰でもない伊佐那社として」

覚悟を決めた者の眼差しで狗朗を見た。

「友人の君に斬られたい」

「……」

狗朗は静かに首を振る。なにも言葉にはしなかった。

ネコが腹を立てたように、

「クロスケのバカ！　その時はワガハイ、シロを絶対に護るから！　おまえにもっと裸を見せてやるから！」

「ありがとう。ネコ……ん？　裸？」

社はそこに引っかかって小首を傾げる。一方、ネコは得意そうに言い放った。

「だって、シロはネコのシロだもん！　ワガハイのシロだもん！」

「そうだね」

社は裸の部分を追及するのは止め、もう一度、ぎゅっと狗朗とネコを抱きしめた。

「僕はネコのシロだ。そして夜刀神狗朗の友人、伊佐那社だ。誇りを持ってそれを言えるように頑張るよ」

そしてすっと身を離す。

にこっと笑って、等距離で狗朗とネコを順番に見た。

「だから、君たちにお願いが」

その時である。メールの着信音らしきものが響いた。社と狗朗が怪訝そうにネコを見た。ネコも、

「にゃ？」

小首を傾げ、それからずっと羽織っていた狗朗の上着のポケットからタンマツを取り出した。ネコは勝手にそれを弄《いじ》ろうとする。

狗朗がはっとした顔になった。

「こ、こら。それは俺のタンマツだ」

ネコから慌ててタンマツを取り上げ、操作した。さっと画面に視線を走らせる。彼の顔

色が急に変わった。

「なんだ、と？」

「どうしたの？」

思わず社が尋ねたほど狗朗ははっきりとした驚きと困惑の表情を浮かべていた。

狗朗は一度、社を見て、またタンマツに目線を落とし、再度、社を視線に捉えてから迷うように、

「俺が利用した情報屋からの連絡だ」

「情報屋？　君、そんな人たちとお付き合いがあるの？」

びっくりしている社に狗朗はそっけなく、

「おまえを……悪しき第七王権者を探す際に何人かに世話になったんだ」

「ああ」

社は苦笑した。狗朗はそんなことより、と前置きしてから言った。

「青のクラン、セプター4《フォー》に捕縛されていた《赤の王》周防尊《すおうみこと》が、配下の赤のクランを引き連れて学園島を占拠したらしい」

すうっと息を吸い込んでから、

「学園島は完全に周囲から遮断《しゃだん》され、《青の王》宗像礼司《むなかたれいし》自らがセプター4を率いて出動する事態にまでなったそうだ——全面戦争になるかもしれない」

彼の表情は緊張感に満ち溢れていた。

その時、ふいにネコが叫んだ。

「ククリ！」

それは社も狗朗も考えていたことだった。

「ククリがあの中にはいるよ、シロ！」

社の袖に取りすがった。社は目をぎゅっとつむった。狗朗が声をかける。

「どうする？」

問いかける。

「シロ！」

伊佐那社が目を開いた。彼はその時、いつもの微笑みを浮かべていた。

「なんだか随分ときな臭くなっているね」

それは飄々としていて。

明るくて。

どんなところにでもするりと潜り込む伊佐那社の態度だった。

「どのみちさっきもその提案をするつもりだったんだ」

社は軽く笑いながら、

「一度、学園島に戻ろうって。色々と調べ直す必要があると思っていたんだけど——まさかこんな事態になるとはねえ」

「じゃあ」

ネコが目を輝かせて社を見た。

きっと彼女は社がどんなところに行く、と言っても迷わずついていくだろう。彼女はようやく見つけたのだ。

ネコになって初めて安らぎを。

「……」

狗朗はやれやれ、と溜息をついた。

「まあ、《赤の王》と《青の王》が相手だ。おまえ一人をやるわけにはいかんな。なにしろ《青の王》はともかく《赤の王》は本気でおまえの命を狙いにかかっている」

社を少し見て、

「おまえをきちんと見極める前におまえを殺されてはかなわないからな。それこそ一言様に申し訳が立たない」

どこまでも大真面目な口調だった。

社はくすっと笑った。

狗朗はあのスタジアムでいくらでも社を見捨てることが出来た。だが、彼はそれをしなかった。彼はきっと己に誓った約束を守り続けるのだろう。

亡き一言の矜持《きょうじ》にかけて。

そして自分が選んだ〝絆〟にかけて。

社はそんな二人を見た。奇妙な縁で結ばれた三人。

その契機となった伊佐那社は明るく、どこまでも軽やかにこう宣言した。

「戻ろう、僕たちの学園島へ！」

この作品は書き下ろしです。

著者紹介

宮沢龍生《みやざわたつき》（GoRA《ゴーラ》）

小説家。ＴＶアニメ『Ｋ』の原作・脚本を手がけた７人からなる原作者集団GoRAのリーダー。著書に『汝、怪異を語るなかれ』がある。

Illustration

鈴木信吾《すずきしんご》（GoHands《ゴーハンズ》）

アニメーション制作会社GoHands所属。数々のアニメーションの制作に携わり、劇場作品『マルドゥック・スクランブル』シリーズ三部作、『Genius Party「上海大竜」』、TVシリーズ『プリンセスラバー！』でキャラクターデザイン、総作画監督をつとめる。2012年、ＴＶアニメ『Ｋ』の監督、キャラクターデザインを手がけた。

講談社BOX

KODANSHA BOX

K SIDE:BLACK & WHITE《ケー サイド ブラック アンド ホワイト》

定価はケースに表示してあります

2013年5月20日 第1刷発行

著者 ── 宮沢龍生《みやざわたつき》（GoRA《ゴーラ》）

© TATUKI MIYAZAWA/GoRA・GoHands/k-project 2013 Printed in Japan

発行者 ─ 鈴木　哲

発行所 ─ 株式会社講談社
東京都文京区音羽2-12-21　郵便番号 112-8001
編集部 03-5395-4114
販売部 03-5395-5817
業務部 03-5395-3615

印刷所 ─ 凸版印刷株式会社

製本所 ─ 株式会社国宝社

製函所 ─ 株式会社岡山紙器所

ISBN978-4-06-283832-0　N.D.C.913　244p　19cm

落丁本・乱丁本は購入書店名を明記の上、小社業務部あてにお送り下さい。送料小社負担にてお取り替え致します。

なお、この本についてのお問い合わせは、講談社BOXあてにお願い致します。

本書のコピー、スキャン、デジタル化等の無断複製は著作権法上での例外を除き禁じられています。

本書を代行業者等の第三者に依頼してスキャンやデジタル化することはたとえ個人や家庭内の利用でも著作権法違反です。

オリジナルストーリーが、
タッグによって明かされる。
発売中！
青の王》宗像《むなかた》礼司《れいし》、抜刀ッ！
K
SIDE:BLUE
古橋秀之(GoRA)
Illustration
鈴木信吾(GoHands)
定価：本体1300円(税別)

人気アニメ『K』、その知られざ
GoRA×GoHandsの完全
荒ぶる炎《赤の王》、周防《すおう》尊《みこ》
大好評
K
SIDE:RE
来楽 零(GoRA)
Illustration
鈴木信吾(GoHands)
定価：本体1500円(税別)
講談社BOX
©GoRA・GoHands/k-project

〈物語〉シリーズ
ファイナルシーズン

終《オワリモノ》物《ガタリ》語

第完話　おうぎダーク

続《ゾク》終《オワリモノ》物《ガタリ》語

第本話　こよみブック

終幕へのカウント
ダウンが始まった――！

KODANSHA BOX

<物語>シリーズ　既刊

[化物語(上)]
第一話 ひたぎクラブ／第二話 まよいマイマイ／第三話 するがモンキー

[化物語(下)]
第四話 なでこスネイク／第五話 つばさキャット

[傷物語]
第零話 こよみヴァンプ

[偽物語(上)]
第六話 かれんビー

[偽物語(下)]
最終話 つきひフェニックス

[猫物語(黒)]
第禁話 つばさファミリー

[猫物語(白)]
第懇話 つばさタイガー

[傾物語]
第閑話 まよいキョンシー

[花物語]
第変話 するがデビル

[囮物語]
第乱話 なでこメドゥーサ

[鬼物語]
第忍話 しのぶタイム

[恋物語]
第恋話 ひたぎエンド

[憑物語]
第体話 よつぎドール

[暦物語]
2013年5月下旬発売!

西尾維新
NISIOISIN

Illustration／VOFAN

ル〉シリーズ
SALE!
特別版
3月劇場公開アニメが早くもDVDに！
小説本編、アニメ版DVDに加え、シナリオ、絵コンテなど特典満載！
作=山口優
illustration=土屋圭・彩樹
山口優
アルヴ・レズル
土屋圭・彩樹
特別版
『アルヴ・レズル—機械仕掛けの妖精たち—特別版』
講談社BOX刊　発行=講談社／価格=3150円（税込）
通常版
冲《うぶ》方《かた》丁《とう》氏、
絶賛の
サイエンス・アクション！

〈アルヴ・レズ
NOW O

『アルヴ・レズル ―機械仕掛けの妖精たち―』（通常版）
講談社BOX刊　発行＝講談社／定価＝1260円（税込）
作＝山口
illustration=

漫画版

『月刊少年シリウス』
プロデュースで漫画化！
原作＝山口《やまくち》優《ゆう》／漫画＝天羽《あもう》銀《ぎん》
単行本絶賛発売中！

コミック版『アルヴ・レズル ―機械仕掛けの妖精たち―』
シリウスKC刊　発行＝講談社／定価＝630円（税込）

絶賛発売中!
がタイムスリップ、
信長と出会った〜!
戦国スナイパー 1
信長との遭遇篇
定価:1470円(税込) 講談社
戦国スナイパー 2
謀略・本能寺篇
定価:1470円(税込) 講談社
戦国スナイパー 3
信玄暗殺指令篇
定価:1470円(税込) 講談社

「戦国スナイパー」
シリーズ
柳内たくみ著
Illustration／陸原一樹
KODANSHA BOX
たった一人の自衛隊員
戦国時代で
突然戦国時代に一人放り込まれた
陸上自衛隊員・笠間慶一郎二等陸曹。
彼がたまたま命を助けたのはあの織田信長！
狙撃手としての腕を買われた慶一郎は
ボディガードと鉄砲隊の編制を任され、
さらに信長を狙う刺客たちとも死闘を演じる……。
信長包囲網が完成しつつある中、
慶一郎は銃一丁で戦国の世を生き抜けるのか——？
戦国スナイパー

真実のカケラは揃った。〝展開編〟ついに開幕!!

誰よりも竜騎士07と戦い続けた考察者KEIYAを迎え、
『うみねこのなく頃に 散』満を持して始動!

うみねこのなく頃に散

07th Expansion presents. Welcome to Rokkenjima.
"WHEN THEY CRY4"

著 竜騎士07 考証協力 KEIYA illustration ともひ

『Episode 5 End of the golden witch』

伊豆諸島、六軒島。
全長１０ｋｍにも及ぶこの島が、観光パンフに載ることはない。
なぜなら、大富豪の右代宮家が領有する私的な島だからである。
年に一度の親族会議のため、親族たちは島を目指していた。
議題は、余命あと僅かと宣告されている当主、金蔵の財産分割問題。
天気予報が台風の接近を伝えずとも、島には確実に暗雲が迫っていた…。
六軒島大量殺人事件(1986年10月4日～5日)
速度の遅い台風によって、島に足止めされたのは１８人。
電話も無線も故障し、隔絶された島に閉じ込められた。
彼らを襲う血も凍る連続殺人、大量殺人、猟奇の殺人。
台風が去れば船が来るだろう。警察も来てくれる。
船着場を賑わせていたうみねこたちも帰ってくる。
そうさ、警察が来れば全てを解決してくれる。
俺たちが何もしなくとも、うみねこのなく頃に、全て。
・
・
・
・
・
うみねこのなく頃に、ひとりでも生き残っていればね…？
繰り返される惨劇、魔女と人間の戦いは終わらない!
赤字システム・青字システムを完全再現!
うみねこのなく頃に
07th Expansion presents. Welcome to Rokkenjima.
"WHEN THEY CRY 3"
著 竜騎士07 illustration ともひ
Episode 1 ～ 4 出題編 発売中!
推理は可能か、不可能か。
KODANSHA BOX
©07th Expansion/講談社

KODANSHA BOX最新刊

人気アニメ『K』、原作者GoRA×GoHandsオリジナルノベライズ、待望の〈第3弾〉!

宮沢龍生《たつき》(GoRA《ゴーラ》) Illustration 鈴木信吾(GoHands《ゴーハンズ》)

K SIDE:BLACK & WHITE

《白銀の王》アドルフ・K・ヴァイスマンの乗る飛行船の爆発に巻き込まれ、九死に一生を得た、伊佐那社《いさなやしろ》(シロ)、夜刀神狗朗《やとがみくろう》(クロ)、ネコ。奇妙な縁で結ばれた三人は、逃亡先の一室でそれぞれの来し方に思いを馳せる——。クロがかつて仕えた先代の《無色《むしき》の王》三輪一言《みわいちげん》、師弟の間に在《あ》る絆《きずな》。幻惑の異能力を操るネコ、彼女はなぜ猫の姿をしているのか。そして、微睡《まどろ》みの中で遠い記憶の底をのぞきこむシロ。そこには、共にいれば心安らぎ、未来を語りあえる二人がいた。

アニメ〈物語〉シリーズセカンドシーズン 2013年7月より2クールで放送開始!

西尾維新 Illustration VOFAN

暦《コヨミ》物《モノ》語《ガタリ》

美しき吸血鬼と出逢った春夜から、怪異に曳《ひ》かれつづけた阿良々木暦《あららぎこよみ》。
立ち止まれぬまま十二ヵ月はめぐり、〈物語〉は、ついに運命の朝を迎える——!
これぞ現代の怪異! 怪異! 怪異! 青春に、予定調和はおこらない。

美少女本格経済小説登場!

佐藤心《しん》 Illustration ヤマウチシズ

波間の国のファウスト:EINSATZ《アインザッツ》 天空のスリーピングビューティ

経済的に破綻《はたん》した近未来の日本。その復興のために開放された直島経済特区で、中でも随一の最強ファンド「クロノス・インベストメント」に、金融界の強者たちが集められる。表向きの目的は、美少女ながら若くして最強ファンドの会長"ハゲタカ"に上り詰めた渚坂白亜《なぎさかはくあ》をサポートする戦略投資室設置のためのメンバー選抜。しかし真の狙いは、その後継者の椅子——。いまその座を懸《か》けて、愛憎入り混じる経済バトルの幕が上がる!

売り切れの際には、お近くの書店にてご注文ください。

講談社BOXは、毎月"月初"に発売!

お住まいの地域等によって発売日が変わることがございます。あらかじめご了承ください。